es 1625

edition suhrkamp

Neue Folge Band 625

Norbert Gstreins im vergangenen Jahr erschienene Erstlingserzählung *Einer* (es 1483) beeindruckte als eines der »erstaunlichsten Prosabücher der jüngeren österreichischen Literaturgeschichte«; bewundert wurde die »traumwandlerische Stilsicherheit«, die kunstvoll komponierte, die bewegende und spannungsreiche Sprache.

Norbert Gstreins zweite Prosaveröffentlichung *Anderntags* erzählt von Scheitern und Schuld, von stummer Hilflosigkeit, langem Abschied und der Lügenhaftigkeit menschlicher Beziehungen.

»Die Stunden kamen und gingen, ohne etwas zurückzulassen. *Anderntags* war ein Wort, das ich mochte.«

Georg nennt sich in *Anderntags* der Ich-Erzähler, der zur Sprache zurückzufinden versucht. Angesichts des unerklärlichen Todes seiner Freundin wird er konfrontiert mit Erinnerungen: an gemeinsame Reisen, an Erlebnisse im Freundes- und Bekanntenkreis, an eine dunkle Wahlkampfaffäre. Mit stilistischer Raffinesse führt Norbert Gstrein seine unterschiedlichen Erzählperspektiven und Zeitebenen zusammen, mit Leichtigkeit verschmelzen erlebte Gegenwart, distanzierende Erinnerungen und Erzählreflexionen zu kunstvoll geschlossener Prosa.

Norbert Gstrein, geboren 1961 in Mils (Tirol), studierte Mathematik. 1989 wurden ihm u. a. der Förderpreis des Bremer Literaturpreises, der Rauriser Literaturpreis und beim Ingeborg Bachmann-Wettbewerb in Klagenfurt der »Preis des Landes Kärnten« zugesprochen.

Foto: Isolde Ohlbaum

Norbert Gstrein
Anderntags

Erzählung

Suhrkamp

edition suhrkamp 1625
Neue Folge Band 625
Erste Auflage 1989

Erstausgabe

Satz: Hümmer, Waldbüttelbrunn
Druck: Ebner Ulm
Umschlagentwurf: Willy Fleckhaus
Printed in Germany

4 5 6 7 8 9 – 95 94 93 92 91 90

Anderntags

I

An einem Nachmittag, plötzlich, wie ohne mein Zutun, stand der erste Satz da, keine Zeile lang. Ich hatte begonnen.

Ich wurde dreißig; unverändert beim Blick in den Spiegel, oder wenn ich innehielt im Nachdenken, Ausrechnen von Verhältnissen für mich und den Vater, dem ich bis auf die Hälfte nahegerückt war, ein letztes Mal, dann nie wieder durch ihn zu kürzen. Im Regal, zwischen den Büchern, legte ich sein Photo um, warf es später in den Papierkorb, das Bild, ein Halbprofil aus einer Zeit, als er getan hatte, wovon er glaubte, ein Mann müsse es tun, und lachend, den Kopf weit zurückgebogen, in die Ferne, in die Zukunft sah. Ich hielt an mich, warf mir nichts vor, wohl wissend, wie lächerlich: die Hoffnung, ich könnte Boden unter den Füßen erreichen, mit jedem zerrissenen Blatt einen Neubeginn.

Im Frühjahr, von einer Reise zurück, hatte ich im Stadtteil Wilten ein Zimmer gefunden, einen Schlauch – wie man sagt –, den ich von der Tür zum Fenster, vom Fenster zur Tür mit abgezählten Schritten durchmaß; ohne Erstaunen streckte ich die Hände unter den Faden ins Waschbecken, lag stundenlang auf dem Bett, las oder hielt die Augen geschlossen, damit ich nicht sah, wie der Putz von den Wänden rann.

In der Ruhe blieb das Geräusch nebenan, ein unentwegtes Murmeln, seit meinem Einzug; der Nachbar, der mir verschreckt auf dem gemeinsamen Gang auswich, kaum grüßte und fortfuhr in seinem Singsang, sobald die Tür, zum Zimmer oder zur Toilette, hinter ihm zufiel. Tagsüber war sonst wenig zu hören – manchmal ein Auto, das Geplärr eines Kindes, Schritte –, daß ich am Abend, in der Nacht jedesmal wieder aufhorchte, wenn es begann: ein Wimmern, ein langgezogenes Stöhnen, ein Schrei, in der folgenden Stille noch deutlich vernehmbar. Auf der Treppe beobachtete ich hinauf- und heruntersteigende Frauen, beugte mich weit über das Geländer, wich zurück oder schaute sie an – ertappt, wenn eine sich umsah.

Es wurden Tage – seit meinem letzten Gespräch. Ich blieb für mich, ging nur manchmal hinaus auf die Straße, über den Südring, zum Heldendenkmal oder zur Sprungschanze, wo ich die Stufen der Tribüne erstieg, hinunter auf das grüne Oval sah oder plötzlich in einer Gruppe Touristen stand, die mit oh und ah, knips und klick über die glänzenden Dächer auf die Nordkette blickte. Drunten, in der warmen Luft, konnte man den Sommer ahnen, eine Welt: ihre großen Augen – daß man innehielt oder zurücktrat vom Geländer, einverstanden mit sich und dem, was war.

Wenn ich hinunterstieg, ließ ich mir Zeit – durch den Wald, wo alles aufquoll, schwer wurde, der Boden feucht und dunkel war und manchmal unter meinen Schuhen brach. An der Ausfallstraße sah ich lange hinter den Autos her, dem nie abreißenden Strom Richtung Süden oder, von dort kommend, in die Stadt, den Kolonnen von Pendlern, Ausflüglern, ganzen Familien, die zum

Einkaufen über die Grenze fuhren und abends müde, vom Zoll geschröpft und zerstritten zurück. Einmal, zweimal in dieser Zeit blieb ich draußen, strich unentschlossen umher oder ging auf kürzestem Weg: in die Stadtmitte, gerade vor Geschäftsschluß, wenn die Leute sich auf den Gehsteigen, in den Straßenbahnen drängten und plötzlich Leben aufkam, bevor es in den Wohnzimmern, vor den Fernsehern wieder erlosch. Die Laubengänge der Altstadt entlang standen schon Tische, Sonnenschirme waren aufgespannt, unter denen Gäste saßen, scheinbar unbeteiligt, nicht gestört von Kindern, die laut schreiend zwischen den Stühlen umhersprangen. Auf dem Pflaster davor das halbfertige Bild einer Madonna, das viele innezuhalten zwang, aber später achtlos zu nichts getreten wurde – der goldgelbe Heiligenschein, der am längsten blieb, in der Nacht unter Erbrochenem begraben.

Ich sah zu und wußte mich wieder getäuscht in der Hoffnung, oder war es Angst, ich brauchte die Menschen nicht – der Satz, den ich wortlos dem Spiegel hinwarf, stets von neuem, und als Antwort erhielt ich nichts, nur mein eigenes Lachen, den leeren Blick. Und einmal: ich öffnete das Fenster, beim Johlen einer vorbeiziehenden Menge, schaute hinaus und ging schließlich, immer noch ich, der sich einreihte, mitreißen ließ ins Stadion; dort stand ich, blieb, an einen Fahnenmast gelehnt, ohne das Gerede von links und rechts, das jäh aufkommende Geschrei zu hören, das eine Zeitlang anhielt oder schnell, in einem enttäuschten Murmeln verklang. Aus der Sonne, tief über dem Tribünendach, glitt ohne Geräusch ein Flugzeug, im orangen Licht blinkend, und wenn ich die Augen zu einem Spalt kniff, war dahinter das Durcheinander meiner Einbildung, Mädchen, die in leichten Kleidern, Arme und Beine entblößt, nach Lans, nach Natters oder zum Baggersee gingen.

Es war wie ein billiger Trick, eine Geschichte nur, als die Nachricht kam: Kathrin tot. Ich lachte laut auf – vor Schreck, lief haltlos im Zimmer hin und her, halb blind, halb taub, begann mich zu erinnern.

In den paar Wochen, die sie miteinander schliefen, am Vormittag im Wintergarten saßen und Zeit hatten, erzählten sie immer neu ihre Geschichten, Georg, weil er gefragt wurde, und sie von sich aus. Oft war es Geplänkel, ein Spiel, leicht zu beleben, und herauskam ein eigener Zustand, eine Erregtheit, die blieb. Es gab keine Regeln, nur Ereignisse; eines mit besonderem Gewicht, das erste gemeinsame: der Schnittpunkt – wie sie einmal sagte, als sie Wasser einließ und dann ihm gegenüber in der Wanne saß.

Irgendwie hielt sie an einer frühen Begegnung fest, vor Jahren, in einem öffentlichen Bad, im Bahnhof, und sonst: bei einem Ausflug mit den Eltern – oder wo auch. Sie konnte sich begeistern, erfand dies und das – bis er sagte: gewiß, aber du, sie war eine Gans mit Pferdeschwanz oder abstehenden Zöpfen, der er die Zunge zeigte und vom Kofferraum des Kombis zusah, wie sie geziert tat. Es gab nichts Gemeinsames, wenn sie erzählte, von Fahrten nach Dänemark – auf dem Fährschiff, an der Hand des Großvaters; Teil einer Welt, die er nie ohne den Glanz der Kinderbücher sah. Er hörte zu und brachte sie zum Lachen, wenn er Nordlicht sagte oder von seinen Leuten sprach, die seit Generationen auf demselben Fleck lebten, nicht aus dem Dorf herauskamen, nur im Krieg, oder einmal einer die paar Hundert Kilometer in die Hauptstadt.

Es gab Widersprüche, aber die Erzählung eines Freundes, und was sie wußte, bemaß er, bis feststand: die Spaziergänge in jenem Winter waren mit ihr, oder wie sie im Café saßen, in der Dorfkirche. Er sah sie Hand in Hand, erstaunt, als der Freund sagte: du weißt ja – und sie nannte ihn nett. Dabei schien es einerlei, nur Getue; er hatte sein Bild oder schwieg. Er ließ ihr recht, sagte: ja, ich erinnere mich; und erinnerte sich nicht – an die Kellnerin im Rififi, die sei sie gewesen.

Es kam vor, daß sie nach einer Blödelei stritten, ein um das andere Mal, wenn sie enttäuscht innehielt, die Augen schloß oder ungläubig schaute: daß er nie im Kellertheater war, als sie die Kindsmörderin gab. Auf ihr Drängen sah er ein anderes Stück, mit einer fremden Frau, sah weiße Brüste im Scheinwerferlicht und wußte nicht: welche Plakate? Oder daß man für die umliegenden Dörfer Gastspiele gab, in den Speisesälen der Hotels, die Post oder Stern hießen; und überall ihr Bild, bis es vom Regen heruntergewaschen, abgenommen, überklebt wurde, oder die Kinder spannten es auf einen Pappkarton und schossen aus geringer Entfernung ihre Steinschleuder ab, daß ein in Fetzen zerfranstes Gesicht und schließlich nichts blieb. Nichts, Kathrin, und sie stritten.

Erst Monate später, der Satz war geschrieben, Beginn einer Erzählung, fiel ihm wieder sein erster Gedanke ein:

daß jetzt alles geschehen konnte, man kam dabei um oder trat einen Schritt beiseite, und es wäre nichts.

Ein Anfang war, daß er die Einladung annahm, zu den Treffen der Zeitschrift ging; im Hinterzimmer der Krone, wo immer dieselben Leute saßen, Ewald, die beiden Schröck, manchmal Kampl, wie Verschwörer um den großen Tisch. Es dauerte nicht lange – und er sah sich angezogen, von der Aufmüpfigkeit, ihren Reden, auch wenn es manchmal schien, es war nur scheinbar frei, gezwungen, wie sie über Grams, über ihre Pläne sprachen.

Er selbst sagte wenig, wurde angestarrt, wenn er lachte – wie alle zusammenschraken, beim kleinsten Klopfen an die Tür, oder die Kellnerin trat ein. Und manchmal: was willst du?

Dann nahm er übereifrig einen Stapel der Zeitschrift und ging auf die Straße, in die Gasthäuser, wo er nicht laut genug anbrüllen konnte gegen die Dumpfheit; oft vergeblich, das war klar, wenn er Kommunistensau genannt, mit Schlägen bedroht oder nicht beachtet wurde. Aber es gab Käufer; ein paar, die gewartet hatten, ihm das Blatt aus der Hand rissen und in einem Eck bis zur letzten Zeile nicht mehr aufsahen; andere, denen nur an den Witzen lag, am Kleinen Porno, den unglaublichsten Stellungen, von Kampl mit immer neuer Schärfe gezeichnet; und die Betrunkenen stierten in leere Gläser, ließen ihn reden, begannen selbst zu erzählen – und plötzlich: hau ab, oder gib her und hör auf mit dem Quatsch. Was dann geschah, war einerlei; es berührte ihn nicht, wenn er anderntags in allen Ecken Reste fand, angekotzt, voll

Senf, offensichtlich ungelesen, und was sollte man tun, wenn nicht lachen über den Wirt, der ihm den ganzen Stapel abkaufte und in einem gespielten Wutausbruch Blatt für Blatt zerriß?

Er ging darüber hinweg und war erst getroffen, als die anderen, als Ewald und die beiden Schröck: wie sie hereinfielen auf ein bißchen Erfolg, auf Anerkennung. Es begann harmlos, kleine Ausrutscher, blieb lange, als wüßten sie nicht, warum. Aber dann sah man das erste Bild: die beiden Schröck in der Zeitung, von der sie sonst mit Abscheu sprachen; ein Photo, das sie hinter der Schreibmaschine zeigt, ihre Hände auf den Tasten, und sie lachen, lachen immer noch, wenn man wieder hinschaut, Künstlerschicksal steht in großen Buchstaben darüber, und drei Spalten für einen Bericht über die Affäre Grams. Auf dem zweiten Bild, ein paar Tage später, war auch Ewald, sein verlegenes Lachen zwischen den Bartgesichtern; die drei Freunde, hieß es, und man konnte lesen, was einer dem anderen, was jeder sich war.

Er kannte ihr Maß, er sah, wie scheinbare Weltoffenheit umschlug in Provinzkram, wenn es galt, für den eigenen Vorteil ein Auge zuzudrücken, denn eine Hand wäscht die andere, auch wenn dabei nichts herauskam, nichts herauskommen konnte als Schmutz; seit jeher.

Da blieb es nicht aus, daß ihm bedeutet wurde, wo sein Platz war; oder er hätte keinen.

Als Kathrin zu den Treffen kam, schien der Ablauf geändert, auf sie gerichtet, die kleinsten Widersprüche trug man in Schaukämpfen aus, Mann gegen Mann, bis einer auf der Strecke blieb; die tausendste Wiederholung einer ähnlichen Szenerie, und sie saß ungerührt da, doppelt blond, doppelt jung, neben den beiden Schröck, mit ihren wasserhellen Augen. Es war die Zeit, als niemand, angeblich nur Kampl, wußte, warum sie kam, was sie suchte, wenn sie stundenlang mit ihnen am Tisch saß, manchmal nichts sagte, oder sie redete und fuhr sich wie ohne Absicht ins Haar. Etwas schien daran anders, und man entschied, es sei die Art, wie sie sprach, dieses zaghafte Sichvorwärtstasten, als wüßte sie nicht; um zuletzt mit einem verhaltenen Lachen zu sagen, was alle gesagt hätten: daß man Grams nicht genug zusetzen kann.

Von Anfang an gab es Gerüchte, es gab Anekdoten, kleine Gehässigkeiten, und Georg fand heraus, was darin lag. Er hörte lange nicht zu, hielt sich zurück, wenn einer mit ein paar Sätzen Kathrins Leben abtat; weil es stets auf das gleiche kam: Andeutungen, und er wußte, wie die zu nehmen waren. Oft steckte nichts dahinter, oder es schien einerlei, weil das Vokabular, bei verschiedenen Gelegenheiten wiederholt, längst ohne Bedeutung war. Da kam alles, was schlechten Beigeschmack hatte oder aus sonst einem Grund den Ruf einer Person traf. Dabei: man brauchte nur hinzuschauen und sah, wie harmlos es war, jeder nach ein und derselben Schablone ein Abbild der anderen.

Er gab sich befremdet, tat uninteressiert, nicht zugänglich für Sprüche, die er oft gehört, manchmal selbst erprobt hatte. Es war ihm zuwider, wenn er die anderen sah, Ewald, die beiden Schröck und Kampl; wie sie sich auf nichts, nichts Neues einließen. Er saß mit ihnen am Tisch, gehörte dazu – und gehörte nicht dazu, wenn er schwieg oder, was er sagte, immer öfter Grund für ein Schweigen war. In seine Stimme legte er Gewicht, er sprach laut – weil er ahnte, man nahm ihn nicht ernst.

Er mochte die Leichtfertigkeit nicht, mit der sie alles zu sagen wußten, beim Namen zu nennen; oder wie sie meinten, sie sei eine Frau, wie sie die Achseln hoben, wenn ihnen nichts einfiel. Oder Kathrin ging früh, und es war gewiß, daß man im nächsten Augenblick von ihr sprach, über sie herzog.

Dann sah er stets von neuem Kampls Ausfall: eines Abends, nach einem Treffen in der Krone, waren sie von einem Lokal ins nächste geraten, hatten getrunken und begonnen, einander zu überschreien – bis mit seinem Wort Ruhe eintrat, er sagte Dichterbraut. Er sagte, Kathrin wäre eine miese Dichterbraut, eine Dreckskuh, die abends in Kultur macht. Während er sprach, stützte er sich auf die Theke, sah irgendwohin. Er hielt sein Glas mit zwei Fingern am Stiel, bewegte es, daß der Wein ins Kreisen geriet und fast überschwappte. Einen Augenblick erregt, dann sprach er ruhig von Auftritten, von Veranstaltungen; wie sie dastand mit ihrer Halbbrille, er sagte: der unnötigen Halbbrille – und das gespannte Gesicht. Er steckte sich eine Zigarette an und begann, heftig zu rauchen, fuhr erst nach einer Zeit fort; daß sie am Schluß immer aufs Podium trat und zu allem bereit war. Er sagte: zu allem, und sah sich um.

Es blieb bei diesem Abend, sonst, wenn einer erzählte, kam Bekanntes. Georg wußte nicht, was die anderen dachten, aber er selbst sah wieder, sah Kampl; wie er dasaß, ein Glas um das andere trank. Wie er plötzlich sagte, er könne sie nicht riechen, die Kuh, ihr Getue; daß sie alles großartig fand und fragte, dastand mit leuchtenden Augen – bis ihr einer zwischen die Beine fuhr und gab, was sie brauchte.

II

Ich ging weit hinter dem Sarg, und die Sonne schien mir ins Gesicht, daß es eine Freude war zu leben. Immer noch traten Leute aus Häusern, schlossen sich schweigend dem Zug an oder begannen zu beten, daß man die neuen Stimmen eine Zeitlang deutlich hörte – bis sie ununterscheidbar einfielen, verschwanden im Singsang des Rosenkranzes. Andere standen schon wartend am Straßenrand, schauten aus der Entfernung den Entgegenkommenden zu und senkten die Blicke, wenn der Sarg in Schulterhöhe, bei jedem Schritt ein bißchen aus dem Gleichgewicht, an ihnen vorbeigetragen wurde. Als der Zug auf den Friedhof einbog, schlugen die Kirchenglokken – in das unbeirrt fortfahrende Gemurmel, schienen einen Augenblick stillzustehen, setzten gleich wieder in dumpfen Tönen ein. Auf dem Platz vor dem Eingang entstand ein Stau, Leute traten aus den Reihen, andere drängten nach und gingen, immer zwei und zwei, durch das schmale Tor. Es dauerte nicht lange, bis sich die Wege zwischen den paar Kreuzen füllten, hier und da wurden Begrenzungen überschritten, Blumen niedergetrampelt, Kerzen umgestoßen; und endlich, mit dem letzten Schlag der Glocken, noch einmal Bewegung, dann stand man still. Es war ein Augenblick der Ruhe, bevor im Wechsel von Rede und Gegenrede die Zeremonie begann.

Ich schaute mich um.

An die Kirchenwand gelehnt stand Ewald, er wirkte bleich – wäßrige Augen hinter Brillengläsern – und schien ungerührt, den Vorgängen, der Gegenwart nicht ausgesetzt; daneben die beiden Schröck, wie in den Boden gerammt, ohne Ausdruck, daß kaum unterscheidbar blieb, wer welcher war. Vor der Treppe, die zur angrenzenden Kapelle führt, Kampl, den Blick abgewandt, über die Friedhofsmauer hinweg auf die am Straßenrand in langer Reihe abgestellten Autos. Neben ihm lagen in einem Haufen die Kränze und Blumengebinde, deren Schleifen vom Wind bewegt, manchmal umgedreht wurden, daß die Aufschrift unter der Kehrseite verschwand.

Sonst sah ich wenig Bekannte, die meisten Leute kamen aus dem Dorf, hatten nichts mit Kathrin zu tun, sich nur für ihren Vater aufgerafft, oder weil ihnen das einfiel an diesem Nachmittag. Im Schatten der Kapelle stand der Kompressor, mit dem am Morgen das Grab geöffnet wurde; und die frische Erde ließ keinen Zweifel, die aufgehäuft einen stumpfen, nach unten breit auslaufenden Kegel bildete, hier und dort standen Steine vor, lagen Klumpen außerhalb des Grundkreises. Man hatte die Grube halb mit Brettern abgedeckt und darauf den Sarg gestellt, dessen heller Lack in der Sonne glänzte. Dahinter war ein Holzkreuz, im Schnittpunkt der Balken ein Schild mit dem Namen.

Ich schaute weg, als mich über das offene Grab der Blick des Vaters traf, sah weit draußen im Tal die in flachem Winkel gekreuzten Kondensstreifen zweier Flugzeuge.

Ich blieb reglos, dachte, da war nichts; wenn ich an

den Sarg treten, den Deckel abnehmen würde: es wäre nichts, wäre Kathrin und hatte aufgehört, sie zu sein. Auf der anderen Bachseite sah ich einen Steig, der in spitzen Kehren durch Felder bis an den Waldrand führt, sah mich im Zickzack zwischen den Bäumen gehen, ohne Erwartung; weiter oben, im Geröll der Moränen, verlor sich der Weg, ich hielt meinen Blick auf eine weit auslaufende Gletscherzunge, dachte an Kathrins Erzählung einer Bergtour – daß sie immer Ferner sagte wie die Einheimischen und einmal von einem Joch sprach, das Im Hinteren Eis hieß. Ich sah die Bewegung, mit der sie beim Sprechen ihr Haar aus der Stirn strich, und wußte, daß viel Zeit sinnlos vergangen war; aber jetzt: mit ihr wurden die Vorstellungen begraben, meine und die der anderen – und was blieb?

Ich schaute über die Leute zum Grab, wo der Pfarrer Weihrauch ins Faß löffelte, es an der kurz gehaltenen Kette hin und her zu schwenken begann, und von jedem Wendepunkt stieg eine Wolke hoch. Neben ihm standen die Ministranten, einer hielt ein schweres Meßbuch, der andere ein Holzkreuz, dessen Metallbeschläge bei jeder Bewegung in der Sonne aufblitzten. Kathrins Vater hatte sich abgewandt. Ich sah seinen Kopf im Profil und dahinter zum ersten Mal die Frau, deren Haltung wie am Grabrand gemimt wirkte – wenn sie mit dem Taschentuch über ihre Augen fuhr.

An der Treppe zur Kapelle: Kampl; er machte sich an seinem Mantel zu schaffen, der im Drahtgeflecht eines Kranzes festhing, achtete nicht auf Blicke, die erst aus der Nähe, dann von überall auf ihn fielen. Ich wandte mich um und sah, wie Ewald flüsternd die beiden

Schröck ins Gebet nahm; unter ihrem Lachen wurden andere aufmerksam, gaben strafend zu verstehen, daß das nicht der Ort war.

Am Grab plötzlich Bewegung. Der Pfarrer hatte mit ausgebreiteten Armen seine Beschwörung gesprochen, tauchte den Weihwasserbesen tief in das Faß und besprengte in ehrfürchtigem Auf und Ab den Sarg. In der Stille schlugen wieder die Glocken – während einer nach dem anderen vortrat, das Kreuzzeichen, eine Kniebeuge machte, oder sie hielten einen Augenblick inne, es gab Frauen, die Blumensträuße in das leere Loch warfen, ein Uniformierter salutierte, bevor er den längst trockenen Wedel nahm und in heftigen Kreisen durch die Luft schwang. Über den Kiesweg, rund um die Kirche gingen sie ab; die Menge, wie im Sog ans Grab gezogen, fädelte sich geordnet, in langer Reihe auf, und bald konnte man außerhalb der Friedhofsmauer laut gesprochene Worte, kaum oder nicht unterdrücktes Lachen hören.

Ich war auf dem leeren Platz Schritt für Schritt nähergerückt und stand jetzt dort: vor mir, fast in Reichweite der Sarg, kleine Lachen auf dem Holz, einzelne Tropfen, die sich zusammentaten, in zuckender Bewegung über die abgeschrägten Seitenwände liefen, und in der steil einfallenden Sonne glänzten die Perlen des Rosenkranzes feucht.

Irgendwann erzählte er, daß er nichts dagegen getan habe, nichts habe tun wollen und immer tiefer hineingeschlittert – oder sollte er sagen: mit offenen Armen ins Glück gerannt sei. Eine Auslegung schien so gut wie die andere.

Er wartete, daß Kathrin anrief, an seiner Tür war, oder sie schlug einen Treffpunkt irgendwo in der Stadt vor. Dann lief er, und Bedenken kamen ihm nicht; nur einmal, wie er an andere dachte, die sich bitten ließen, geziert taten, da war er erbost. Für ihre Aufmerksamkeit fand er kein Wort, er nahm sie als selbstverständlich, wenn er vor Freude alles vergaß, und blieb dann wieder erschreckt irgendwo stehen, hätte am liebsten geschaut, ob da noch einer war.

Wenn sie irgendwo saßen, dauerte es, bis er zur Ruhe kam, nach seinen Fragen an sie verstummte. Er begann oft mit derselben Aufforderung, sie solle erzählen, und als er einmal ihr Lachen sah, übertrieb er: er wollte wieder hören, was sie längst gesagt hatte, gab sich ungestüm, neugierig – und wußte nicht, wie.

Auf den Straßen liefen sie weit voneinander – oder wie zufällig zusammen, Hand in Hand ein Stück, den Touristen entgegen. Es war Sommer; an schönen Tagen saß man abends draußen, ging am Innufer spazieren, manchmal bis Hawaii, wo über die Sandbank verteilt Feuer brannten und Singen, Johlen, das Geschrei von Betrunkenen zu hören war. Einmal setzten sie sich irgendwo dazu, tranken aus der kreisenden Flasche, bis ein Paar ausgestreckt neben dem anderen lag, flüsternd zusammenkroch; die Übriggebliebenen tanzten nackt um die noch glühende Asche, rannten quiekend durch seichtes Wasser, und im dunklen Hintergrund traten die weißen Rücken wie leuchtend hervor.

Was sie sagten, war verspielt, einer versuchte dem anderen eine Meinung auszureden, nicht, noch vom Gegenteil überzeugt; herauskam ein ständiges Hin und

Her, und über die Haltlosigkeit jeder Stellung mußten sie lachen. Es gab keine Gewißheit – oder nur die eine.

Nach wenigen Tagen: sie waren ein Paar; das hieß, in der Stadt, in den immer gleichen Lokalen, sah man sie anders, er mußte Fragen nach ihr, sie nach ihm beantworten. Er änderte seinen Blick und entdeckte viel neu, ging, wo er nie gegangen war, blieb an Plätzen stehen, hielt Ausschau wie ein Fremder, mußte lachen, wenn er den Tauben zusah, die auf Gesimsen saßen, mit zuckenden Köpfen über das Pflaster liefen, manchmal flogen sie auf, von den Bewegungen eines Kindes erschreckt. Er hielt zum ersten Mal vor den Auslagen der Geschäfte inne und ließ sich hineinziehen, er trat ein.

Es dauerte nicht lange, bis sie darüber sprachen; besonders über den ersten Abend, da konnten sie nicht genug reden und lachen: er wußte, wie aufgeregt er war, als er noch bei Tageslicht in die Altstadt ging, durch die engen Gassen auf den Platz, wo gerade lärmend, zum Gaudium der Gäste, eine Blasmusik antrat; in den Gesichtern der Leute diese scheinbare Friedfertigkeit, die plötzlich umschlug, bei der kleinsten Störung von außen, und wenn die Musik einen Augenblick aussetzte, war es mucksmäuschenstill.

Er ging zögernd über den Platz, als er sah: sie stand vor den Lauben, in einem großflächig karierten Kleid; flache Schuhe, und ihr Mund war weich geschminkt, die Ränder der Schneidezähne glänzten rot. Es kam ihm vor wie ein zufälliges Treffen, und als er sprach, sprach er, ohne zu wissen, wie später überhaupt, den ganzen Abend, unverändert die Kluft zwischen Gesprochenem und der Wirklichkeit blieb, auch in den Namen der Lokale: Mizzi

Green, Rififi, Filou; und keines hielt, was es vorgab, überall saßen die gleichen Leute, einer an den anderen gelehnt. Da wirkten die Geschichten neu, die Kathrin erzählte, ihre Augen glänzten, sie schienen beredt, wenn sie schwieg.

Es war spät, als er wortlos: er öffnete die Haustür, stieg vor ihr die Stufen hinauf, ohne sich umzuschauen. Er sah sie erst an, sprach erst, als er das Zimmer betrat. Im orangen Licht, das von der Kreuzung hereinfiel, lagen über den Fußboden verstreut Schuhe, Kleidung, ein paar Bücher, auf dem Tisch stand die Schreibmaschine, daneben eine Vase mit längst verdorrten Blumen. Und es wurde hell, die ersten Busse fuhren – unverschämt laut in die Stille des Morgens.

Es war Ewald, der Kathrin eingeladen hatte, das wußten die anderen nicht, weil er nie davon sprach. Er tat, als wäre es ihr erstes Treffen, stellte neugierig Fragen, daß sie überrascht Antwort gab, mitspielte – schon gefangen, als sie sah. Es schien überhaupt seine Art, Frauen, die er kennenlernte, noch am selben Abend zu beknien, oder er stieß sie vor den Kopf, wenn er den Mut nicht hatte.

Georg erinnerte sich, es waren stets die gleichen Szenen, sooft sie nach Mitternacht vor einem gesperrten Lokal standen und Ewald auf ihn einsprach: ein letztes Glas, was hältst du davon? Aber er meinte die Frau, die gelangweilt an der Hauswand lehnte, träg in eine andere Richtung sah, und wenn eine ja sagte, das kam vor, saßen sie in seinem Arbeitszimmer, von vollgepackten Bücherregalen umgeben. Dort sprach er sich warm, hörte manchmal nicht auf, redete und redete, ohne an den

Punkt zu rühren, bis es draußen hell wurde, oder die Frau sah gequält auf die Uhr; und einmal mußte Georg eine noch in der Nacht in die Vorstadt fahren, ihr lauthalses Geschimpf durch die schon stillen Straßen: dieser Idiot, der will – oder will er nicht? Und sie schaute ihn an, schien aufgelöst, schien wie woanders.

In der Kritik wurde der Zeitschrift ihr schiefes Frauenbild vorgeworfen, das bißchen Witz als geistlos und schmierig verurteilt, der letzte Satz wäre längst ausgelutscht: ihr Flachwichser stand irgendwo, und die Zukunft sei weiblich. Dabei waren Ewalds Geschichten harmlos, man konnte über seine Figuren lachen, die unbeholfen durchs Leben trieben, und zuletzt kamen sie doch zu ihrem GV oder nahmen wenigstens das Wort in den Mund, die zwei Buchstaben, die dann scharf aus dem Schriftbild stachen. Es lag an den beiden Schröck. Ihre abgedroschenen Sätze mußten angreifbar sein; daß sie sich progressiv und wer weiß wie vorkamen, wenn sie pudern oder ficken schrieben, und in den Bildern ein verschmitztes Lachen, die prallen Bierbäuche, sie selbst – mit verklemmt kurzen Beinen. Georg staunte: beide waren verheiratet, und sah die dümmsten Klischees; wie sie abends nach Hause kamen, und ob sie immer noch sagten, manche Frau gehöre anständig – oder schwiegen sie?

Wenn er keine Vorstellung hatte, hielt er sich an Kampls Kleinen Porno: krakelige Figuren, die wild durcheinander lagen, ihre Gesichter schienen einmal wie vor Ekel verzerrt, dann wieder in tiefer Ruhe – oder er konnte nicht sagen, was das Gegenteil war.

In Grams' Vergangenheit hatte sich nichts gefunden. Alte Freunde, die sie fragten, gingen ihnen entweder aus dem Weg oder schwangen Lobreden, manche beeindruckt, anderen stand der Neid im Gesicht. Kampl saß Abend für Abend in der Bibliothek und blätterte Zeitungen durch, aber da war nichts, ein Bild glich dem anderen: Lachen, Händeschütteln; und die Berichte wirkten wie ein für alle Mal aufgesetzt, seit Grams als Gemeinderat, dann als Bürgermeister in die Presse kam. Es war vertane Zeit, daß sich Ewald mit seiner Doktorarbeit mühte; ein durch und durch harmloses Werk. Was blieb? Aus einem Unfall konnte man ihm keinen Strick drehen; oder daß er einer Verbindung angehörte; und das uneheliche Kind? Jetzt war es ehelich.

Bei den Treffen ließen sie ihren Unmut über sein glattes Leben aus, waren überzeugt, etwas zu finden, wenn sie genau hinsahen. Oder sonst: es stand für Langeweile, für nichts als Mittelmaß.

Und Georg?

Er saß nachmittags oft am Landhausplatz, wo die Sonne blieb und immer ein paar Burschen mit ihren Skateboards über die blanken Steinplatten fuhren. Die wenigen Passanten hielten nicht inne, sahen sich kaum um auf ihrem Weg – oder nur, wenn ein Brett gegen den Beton der Treppe krachte, die zum wuchtigen Bau, der breiten Fassade des Landhauses führt; an Beeten vorbei, deren Vielfalt nie aufging im Grau.

An einem Tag: ein Tag war wie der andere, daß er den Mann am Fuß der Treppe lange nicht sah; wie er dastand und über den Platz blickte. Er trug einen grauen Anzug, hielt einen Lederkoffer in einer Hand, die andere hatte er gegen die tief stehende Sonne gehoben; es war Grams, für die paar Burschen kein Grund. Sie drehten unbeeindruckt die alten Kreise, beschleunigten in wildem Zickzack, saßen in der Hocke oder richteten sich plötzlich auf und rollten aus. In einiger Entfernung war ein Mann stehengeblieben, er hob eine Hand vor den Mund und lief eilig weiter.

Georg sah angespannt zu.

In den folgenden Tagen begann er gezielt: er fand heraus, wann Grams in der Früh sein Haus verließ, kannte den Weg, den er in die Stadt nahm und war hinter ihm her, wartete am Abend vor der Tiefgarage, bis die blaue Limousine kam, oder der Bürgermeister ging zu Fuß, und auf der Straße wandten sich die Leute um. Er sah die Gewöhnlichkeit, hatte nichts entdeckt, und was er Kathrin erzählte, wurde von Mal zu Mal weniger. Nur wenn sie mitging, schien alles anders, jede Beobachtung neu interpretiert: Grams, wie er in die Bahnhofsgegend fuhr, wäre dann fast im Puff gewesen. Oder einmal trat er in Begleitung aus dem Löwenhaus, und Kathrin, hinter einem Fiaker versteckt, drückte vor Aufregung ab, hatte das Bild schon in der Hand, ein Photo – aber Kuß war darauf keiner zu sehen.

III

Dann war alles nichts. Vom Begräbnis zurück, blieb ich im Bett und wartete. Ich sah im Fenster geballte Wolken, die letzten Apriltage vorbeiziehen, und manchmal hatte der Himmel blaue Löcher. Es fiel mir leicht, zu vergessen, aber die Hoffnung lag in der Vergangenheit. Ich spürte keine Sehnsucht, dachte an Frauen anders als sonst, auch an den letzten Versuch, unternommen zum Beweis, daß ich könnte; und die Erleichterung, als etwas dazwischenkam. Ohne Unterbrechung sah ich dann die beschriebenen Blätter durch und wußte nicht, ob alles war, wie es dastand. Im Nebenzimmer hatte das Murmeln aufgehört, es setzte Tage später wieder ein, und davor, an einem Abend, drang Musik durch die Wand, Stimmen, Lachen, das Klirren von Gläsern, die gegeneinander stießen. Die Stunden kamen und gingen, ohne etwas zurückzulassen.

Anderntags war ein Wort, das ich mochte. Da fuhr ich mit Ewald auf die Hungerburg, bei offenen Fenstern, an den alten Häusern von Hötting vorbei, die Jahr um Jahr mehr verfielen. Wir stellten das Auto neben dem unbewohnten Hotelklotz ab, setzten uns ins Gartencafé – und wieder die Geschichte, die mir stets einfiel, beim Blick über die Straße, auf die zerbrochenen Scheiben: wie ich mit Kathrin in den Bau drang, zögernd von Raum zu Raum schlich, an umgekippten Kästen, Tischen und Stühlen vorbei, Schubladen, die wild durcheinander lagen, ihr Inhalt entnommen oder weitum verstreut, ein Nachttopf, ein Kruzifix mit gebrochenen Beinen, Kinderspielzeug, Haufen zerschlagenen Geschirrs; und überall feuchte Wände, Zimmer ohne Täfelung, wo aus den Polstern der Schaumgummi trat, Drähte vorstanden, die Federn in den leeren Bettrahmen, manchmal eine Matratze; im Büro war Papier ausgebreitet, an Stellen knietief der Berg kleinstgerissener Zettel, unterm offenen Fenster von einem Durcheinander ins nächste getrieben, und irgendwo stand Wasser, ein breiiges Zeug, das abscheulich stank.

»Und die Leiche?« Ewald kannte die Geschichte. Er schob den Stuhl zurück, kippte ihn auf die Hinterbeine und sah an mir vorbei.

»Ich weiß nicht.« Ich wußte nur, was später in der Zeitung stand, über den Toten, einen Obdachlosen; und daß Kathrin bleich wurde, als sie es las.

Ewald winkte ab. Er saß weit zurückgelehnt, beobachtete ein Auto, das an der Gartenmauer hielt. Ich sah sein halb abgewandtes Gesicht, die Goldbrille, den Schmuck und ließ ihn; wartete, als wäre er nicht da. Auf der Straße kamen Leute näher, sie traten an die Begrenzung, wo das Gelände ins Tal abfällt, begannen zu deuten, schauten über die Stadt, die ausgeliefert dalag. Vor der Gartenmauer fuhr das Auto an und entfernte sich rasch.

Ich wußte nicht, wozu Ewald mich traf, wir sprachen kaum, und wenn die Rede auf Kathrin kam, wich er aus, schien nicht zuzuhören oder sagte nur ja, daran muß man denken. Es war wenig, was ich von ihm erfuhr, das meiste bekannt – und die paar Neuigkeiten, sein Schweigen, die Gewißheit, daß ohnehin nichts half: tot ist tot, und was man sagt, Gerede? Ich musterte seinen Anzug, das taillierte Hemd, die weibischen Schuhe und wußte wieder: man hörte, daß ihm der Erfolg zu Kopf gestiegen sei, seit er für deutsche Blätter schrieb. Es war ein Fehler, etwas zu erwarten, er würde über Kathrin sprechen, wenn er wollte – und sonst?

Ich schwieg – überrascht, als er doch begann: es sei Wahnsinn; sein neues Wort. »Man geht nicht außer Haus und fährt in einen Lkw.«

Ich hielt mein Lachen zurück.

»Sie soll augenblicklich tot gewesen sein.«

Da kam die Erinnerung: ein Ausflug übers Land, es war Sommer, in den Dörfern trug man kurze Hosen, Kinder spielten auf der Straße, winkten, wenn wir vorbeifuhren; immer weiter. Alles fiel uns leicht, wir lachten, wollten barfuß in die frisch gemähten Felder: das Stechen der Stoppeln; und immer gab es etwas, das noch vor uns lag.

Ich spürte Ewalds Blick, sah ihn näherrücken und war wieder da, hörte mich sagen: »Aber Absicht?«

Ich hatte an das eine Mal gedacht, da ließ ich Kathrin ans Steuer; wie der Wagen abstarb, schließlich ruckend in Fahrt kam, und sie lachte, schrie, wollte nicht mehr aufhören und hielt Reden, die ich abtat: kindlicher Übermut, wenn sie meinte, wie leicht – ein falscher Gedanke, ein Ruck, und man wäre im Gegenverkehr.

»Also nicht?« sagte Ewald und schaute wieder an mir vorbei.

Das war es – oder wenigstens wußte ich nicht, was wir noch geredet hatten. In der Nacht sah ich Kathrin, eingeklemmt im Wrack, das halb unter dem Lastwagen lag. Da gab es andere Arten zu sterben, und der Sprache fehlten die Worte. Ich stand früh am Morgen auf, setzte mich ans Fenster, schaute die Straße hinunter – hinauf, die beidseitig am Gehsteigrand geparkten Autos entlang, und noch kein Mensch war zu sehen. Dann lag ich im Bett, voll Zweifel. Auf dem Tisch stand die Schreibmaschine, und dazu kam ein Satz, den ich einmal, vor Tagen, geschrieben hatte. Ich wußte nicht, nicht mehr, was uns hinter Grams hertrieb, hörte Kampls Stimme: jeder Hofrat sei eine Sau; aber so einfach war es nicht. Ich begann, die alten Zeitungen durchzublättern, die in einem Stoß unterm Bett lagen, und zu Mittag, beim Lesen der neuen, sah ich, daß die Welt auf der Stelle trat; bereute zurückgekommen zu sein, weil alles blieb, was es war.

Ich freute mich, als ich hörte, daß in den Bergen noch Schnee fiel.

In der Zeitschrift fand er den Halt, den er brauchte. Ihm war jede Arbeit recht, in der Hoffnung, nicht blind geradeaus zu laufen, immer weiter; oder irgendwo würde ihm die Luft ausgehen, er käme zurück – und dann? Er hatte wieder begonnen zu schreiben, erstaunt über die Freude dabei, ging wenig außer Haus; ein paar Mal, weil er Hinweise bekam, daß Grams: er säße in einem Restaurant, auf der Terrasse des Stadtcafés, oder wurde gesehen, wie er das Theater betrat.

Abends kam Kathrin, und wenn sie blieb, ging der Vormittag drauf, bei Gesprächen, einem Frühstück. Oder er erzählte, einmal über seine Zeit beim Bundesheer, aber Fragen danach tat er ab; er sprach von einer

Frau, die ihm vorgeworfen hatte, er wäre brav, und wie sie ging, mit ein paar Worten, dem Wunsch, sie wollte triefen vor Sekt. Er erinnerte sich, daß er mit ihr im Hofgarten war, er trug seine Uniform und sah wieder das Nicken der Omas, die Zustimmung, die ihm weh tat.

Manchmal ließ er sich drängen und ging mit in die Stadt, erstaunt, wen Kathrin kannte. Es war, als würden sie beobachtet, oder lag es an ihm – wenn überall: an jedem Eck schien einer zu stehen, der lachte, grüßte, oder er schaute grußlos vorbei.

Ihren ersten Streit hatten sie bei einer Vernissage. Es war ein harmloses Ereignis, an frisch geweißten Wänden hingen Platten, in ein paar Strichen gelb und schwarz bemalt, und davor standen Leute, stelzten hin und her, manche gemessen, die Frauen wie auf dem Laufsteg. Im Geräusch der Gespräche lag etwas Gesetztes, nur hier und da trat ein Wort deutlich hervor: Kunst oder Künstler; und Gläserklirren – man trank einen Schluck, ging, ließ sich gehen in gespielter Zerstreutheit.

Es war ein Abend wie andere; Frauen, ein paar Männer, ihr geschlechtslos starres Lachen. Und dazwischen lief Kathrin auf und ab, trug ein enges Kleid, küßte, nahm eine Hand, und ihre Ausrufe schienen über den Raum verteilt. Er sah ihr lange zu und sagte dann: von wegen Kunst; weil es so auf dem Plakat stand. Von wegen, Kathrin, und sie stritten.

Dabeizusein war ihm zuwider, er stellte sich dagegen, obwohl er wußte, wie schwer: ein Maß, wenn alles nichts galt, und jedes Nichts – da blieb kein Platz, oder man sah, wo einer war.

Er winkte ab, wenn ihn jemand auf die Geschichten

ansprach, einbeziehen wollte, es gab immer Leute, und keinem schien es zu blöd, keine Anbiederung zu billig; sie nannten sich Dichter, nannten sich Maler und hätten beweisen können, daß sie Mitglieder waren, er fragte nicht, wo. Es wäre einerlei gewesen, wenn nicht Kathrin: er wußte nie, was sie daran fand, hörte auf zu fragen und lachte, sah weg, oder wenn er ungewollt einen traf, stieß er ihn vor den Kopf.

Da war der Biß der beiden Schröck anders; die Zeitschrift, man konnte Träume hinausschreien, und wo das nicht half, den Haß – oder wovon man sonst genug hatte.

Und Grams?

Georg ging dem kleinsten Hinweis nach, auch wenn die Hoffnung, etwas zu finden, von Mal zu Mal schwand. Was ihm einfiel, begann er aufzuschreiben, in ein Heft, und sooft er die Seiten verglich, blieb nichts, nur daß kein Unterschied war und alles nach einer Zeit wiederkam. Er traf es, wenn er auf dem Tisch die Sanduhr umdrehte, sah, wie der Sand vom oberen Gefäß ins untere rann, und manchmal lachte er, sagte: es ist Zeit; es war immer wieder Zeit.

Es war eine Entdeckung, als er zum ersten Mal davon hörte; als er sah, wie wenig ein Wort hielt, wenn es einmal für das, dann für etwas anderes gebraucht wird.

Er konnte sich die Frau vorstellen; wie sie in die Buchhandlung schaute. Es war Mittag, aus dem Stadtinneren kam der Lärm eines Volksfests, das übliche ununterscheidbare Tosen, ein Umzug fand statt, und anderntags stand alles in der Zeitung. Nach einem Gewitter am Morgen schien die Sonne, auf dem Asphalt trockneten die Lachen weg, es wurde heiß, hier und dort, wenn man genau hinsah, begann die Luft über dem Boden zu zittern. An den Kreuzungen waren die Ampeln auf Gelblicht gestellt – ein Auf- und Abblinken, das er unbeirrt nannte.

Es fiel ihm leicht, eine Geschichte zu denken: die Frau konnte kurz außer Haus sein, auf dem Weg zu den Marktbuden innehalten, oder sie gab nichts darauf, auf den Trubel, der vom Hauptplatz immer mehr in die angrenzenden Straßen drang.

Aus der Zeitung wußte er den Namen, ihr Alter; was geschrieben wird.

Er sah sie klein vor den Scheiben der Auslage.

Da stand sie.

Auf dem Platz dahinter saß ein Paar, ein Baukran war dort aufgestellt, vor einem halbfertigen Gebäude, und sein Arm reichte weit über die Straße.

Dann das Geräusch – er wußte nicht, wie sagen –, als das Auto auf den Gehsteig sprang. Er wußte nicht, ob sie sich umwandte, ob noch Zeit war. Und dann ihr Schrei. Schrie sie? Schreit man, wenn man plötzlich, ein dumpfer Schlag, an die Wand gedrückt wird? Oder lacht gequält – sah sie weg, wie ihr das Blut aus den Beinen schoß? Sie mußte lautlos, eine einzige Bewegung, zusammengesackt sein, als der Wagen zurückfuhr. Auf dem Gehsteig waren Blechteile, Scherben, ein Metallring hatte sich gelöst, rollte ein Stück, dann kam er scheppernd zu liegen. Der Festlärm, eine Sekunde unhörbar, setzte wieder ein.

Es fiel ihm leicht, zu denken, wie das Paar von der

Bank aufsprang, eilig herbeilief. Aus dem Auto stieg ein Mann, er ging ein Stück, kehrte nach wenigen Schritten um – saß wieder auf dem Fahrersitz, die Tür stand offen, und seine Beine, lang ausgestreckt, schauten hervor. Indessen: andere kamen dazu, sie standen um den reglos daliegenden Körper, einer gab Anweisungen, er bückte sich und half. Es dauerte nicht lange, da wurden Stimmen laut, man fing an zu zeigen, sah den Mann, wie er verstört auf den Boden starrte. Er hatte den Kopf in die Hände gestützt, die Arme über den Knien gekreuzt; und jetzt: als aus der Straße Sirenengeheul kam, fuhr er hoch, es hielt ihn keiner zurück, wie er am Rücksitz kramte, eine Flasche fand und trank.

Georg hörte das Schweigen – den plötzlichen Lärm, als man erkannte: es war der Gemeinderat. Er sah auf der zerbeulten Stoßstange das dreistellige Nummernschild, als wäre er dabeigewesen, und hätte am liebsten gelacht, wenn er fragen hörte, ob Grams betrunken war. Oder jemand sagte Unfall – und nichts dazu.

Er begann immer neu – auf den Satz aus, der alles nach sich zog. Es war ihm zu wenig, über den Unfall zu reden, er wollte etwas auslösen – auch wenn er wußte, daß kaum jemand die Zeitschrift las; und die paar wären längst aufgebracht. An der Wand hatte er ein Blatt befestigt, worauf er sinnlos Sätze schrieb, die alle gleich begannen: das Leben ist; und schon kam irgend etwas, es sei dies oder das, der Wahnsinn – oder er wußte nicht. Dann blieb ein Wort, das ihm gefiel: kugeleben; oder einmal, ein Blick in den Atlas, und Ulan Bator stand da.

Es gab zu wenig Stunden am Tag, wenn er arbeitete, und sonst vergingen selbst die noch zu langsam. Etwas anderes reizte ihn nicht. Er sah es als Niederlage, wenn er anrief, und es wurde nicht abgenommen, oder Kathrins Stimme klang alltäglich. Und die paar Mal, wo sie den Ton traf, lief er hin, die Straße hinauf und redete – bis ihm schwindlig war. Oder er las vor, und sie stritten; sooft sie nur dasaß, und in ihrem Blick die Frage, ob das alles sei. Er wich aus, wenn sie klagte, er überginge sie, und einmal ließ er sich hinreißen, zu sagen, er hätte Grams umgebracht, und bekam Angst, daß es ihm ernst war.

Dabei: er wußte kaum die Tage, an denen sie zur Arbeit fuhr, ins Olympische Dorf eine der Alten betreuen, die sie geschickt ausfindig machte und nie ohne Spott ließ in ihren Reden. Zurück kam sie jedesmal wieder mit Zeug, sie schleppte Körbe voll Wäsche herbei, alte Kleider, eine Standuhr; und in den Bücherregalen, auf den Kästen die Klassiker, rötlich braune Buchrücken, einer neben dem anderen.

Er hatte sich wenig um sie gekümmert, ihr nicht zugehört oder, was er hörte, vergessen; weil ihm alles zu viel war: er kam im eigenen Wirrwarr nicht richtig zurecht, konnte nur ja sagen, wenn sie nicht abwich, oder sonst hatte er einen Spruch zur Hand. Er sprach über sich, wenn er meinte über sie oder irgend etwas zu sprechen.

Es dauerte, bis er sah, wie sie zu kurz kam, und die Fragen, die er dann stellte, waren keine, waren Bemerkungen. Nur im Streit schien es, daß er sich einfühlen konnte; wohl wissend, womit er am meisten traf. Da war der Vater, ihr Elternhaus, und sie sagte, sie wäre davongerannt; wütend, wenn er schwieg, oder über den Verdacht, man hätte sie auf die Straße gesetzt. Es schien ihre einzige Sorge, er könnte glauben, was geschah, geschähe einfach. Und sie versicherte: sogar die Matura – eine bewußte Entscheidung, als sie die Schule verließ; auch wenn sie jetzt dasaß, zu lernen begann und von der Zeit danach wie von einer besseren sprach, nach dem Abitur, sagte sie, beeindruckbar, beeindruckt von Titeln und Klimbim.

Wenn sie aushalf, ging er nicht ins Rififi, und einmal, im Kellertheater, hielt er kaum durch auf seinem Sitz, empfand ihre Schauspielerei als Getue. Er saß wie entblößt im Premierenpublikum, das mit jedem Wort, in der kleinsten Bewegung etwas erfuhr; auch wenn sie nicht sie blieb – oder verriet das Scheinwerferlicht gerade darum so viel? Es paßte, daß sie in dieser Zeit an ihm herumzukritteln begann, Kleinigkeiten wurden übergroß: Brösel auf dem Küchentisch, gebrauchtes Geschirr, die Schmutzränder in seinem Bad, oder daß er die alten Handtücher nie abnahm; allmählich eine ganze Haushalts- und Toilettenphilosophie, die sie trennte.

Im eigenen Zimmer schien sie sie selbst zu sein, zwischen Blumen, auf dem blank geputzten Parkettboden, da stand sie – mit verschränkten Armen, und die Tür zum Balkon war offen, ein Blick in den Hinterhof, über die Dächer der benachbarten Häuser. Es kam immer öfter vor, daß sie sich dort trafen, den Abend verbrachten, wenn es draußen warm war, und in der Halbdunkelheit diese eigentümliche Ruhe. Dann fiel es leicht, sich eins zu sein, und sooft Georg geräuschvoll die Luft einsog, hatte er den Geruch in der Nase, schon nicht mehr fremd: ein Duft nach Knoblauch und Gewürznelken, der überall, in den Kleidern, im ganzen Raum – selbst ihr Schoß schien ihn zu verströmen.

IV

Dann fuhr ich nach Hause, ich sagte: nach Hause; stieß mich nicht am Begriff. Ich hatte etwas gegen Leute, die unentwegt klagten, wenn es um Daheim ging, und am liebsten klein oder irgendwie zurückgekrochen wären. Das war unerträglich: ihr Gerede, wie entleert das Wort sei, aber der Fehler, das Unglück lag im Gegenteil; daß sie so viel hineingezwängt hatten, alles vollgepackt mit Hoffnung, mit möglichen Welten. Es war ein Mißverständnis, wenn sie sagten, ihr zu Hause sei keines, eine Lüge, die ihnen half, ohne eigene Schuld so schlecht und schlecht zu leben.

Ich wußte kaum, es mußten Monate sein, daß ich nicht mehr dort war. Ich hatte oft den Wunsch, hinzufahren, aber dann stand meine Erinnerung dagegen, ein alter Vorbehalt; daß es wieder wäre wie sonst: ich würde abprallen, laufen und lange nicht zur Ruhe kommen.

Es brauchte schon etwas.

Auf der Fahrt sah ich Lawinenreste, schmutzige Haufen am Straßenrand, die in sich zusammensanken. Es war wie jedes Jahr, überhaupt schien alles beim alten – daß ich schwankte, plötzlich unsicher, als der Bus im Dorf hielt.

Ich nahm die Hintertreppe zum Haus, stieg die Stufen hinauf, wie einer, der fremd ist, auf den Balkon, wo mir der Hund entgegenkam; er sprang winselnd umher, hielt manchmal inne, strich mit der Pfote über den Maulkorb.

Ich sah mich um: an der Wand stand eine Bank, halb im Schatten ein leeres Faß, eine Schaufel, und über dem Geländer war ein Teppich ausgerollt, von den Leinen hing tropfnasse Wäsche. Ich schaute auf die schwarzen Küchenfenster und sah lange nichts – sah Mutter erst, als sie näherkam, den weißen Schurz, ihren Gang; wie sie ein Bein vor das andere schob. In der offenen Tür blieb sie stehen, hob die gefalteten Hände an den Mund, eine Geste, die ich nie zu deuten weiß: einmal hieß das vor Freude, dann wieder vor Schreck.

»Es tut mir leid«, sagte sie.

Ich schwieg, beschämt über die Erinnerung.

Den Vater sah ich am Nachmittag. Ich saß im Wohnzimmer und hörte durch das gekippte Fenster die Stimme, immer gleiche Laute, ein Gemurmel – wie zur eigenen Beruhigung. Er ging im letzten Sonnenlicht auf der Terrasse hin und her, bei Fuß den Hund, der vor jeder Wende geduckt innehielt. Ich sah das Gesicht, eingefallene Wangen, von der Krankheit wie braungebrannt, den Blick; und seine Worte – aber das waren keine, einzelne Silben, die niemand: das Tier verstand sie, wenn es die Ohren spitzte oder zusammenschrak. Am Ende der Grünfläche lag noch Schnee, ein Kegel, über dessen Rand eine Spur verlief. Dort blieb er stehen: gebeugte Haltung, fast unbewegt die Arme, wie nicht zu seinem Körper, nicht zu sich gehörig hingen sie herab, die Finger halb und halb gekrümmt.

Ich öffnete das Fenster und rief ihm zu, rief wieder. Da kam er näher, über das Gras, die Krokusse, die ich einmal, vor Jahren – so lange mußte es her sein, daß ich sie aus der letzten Schneeschicht wachsen sah; und wenn man morgens, wo sie noch hielt, auf Schiern drüberfuhr, lagen die Blüten zerquetscht oder vom Stiel geschnitten da. Daran dachte ich, während der Vater Schritt für Schritt jetzt über die Steinplatten kam und vor dem Fenster stehenblieb, neben ihm der Hund.

Ich wartete, bis er sprach.

»Daß du da bist?«

Und ich: »Wie geht es?«

Er hatte den Blick gehoben und schüttelte den Kopf: »Geht schon.«

Es war lange her, daß ich vor ihm über den Küchentisch floh, schreiend, im halb zerfetzten Hemd, in die Halle lief, oder er hatte mich erwischt, am Haar gepackt, wortlos hin und her gerissen, daß mir vor Angst das Schreien steckenblieb und plötzlich der Urin kam; weil ich wußte: er sperrt mich in die Kühlanlage, ins Dunkle, wo selbst lautes Zählen nicht half und ich stumm zwischen den Regalen stand. Oder manchmal im hinteren Raum, mit Fleischbrocken, wie lebend an den Haken – und auf dem Boden ganze Lachen Blut, der Geruch.

Ich sah: sein Schweigen – oder Geschimpf; das Theater für andere. Er schrie hinter mir her, bis ich erkannte: es war blindlings, es war Hilflosigkeit, die ihn am meisten traf – stets ein Schlag ins eigene Gesicht, wenn er auf mich einschlug. Da blieb nichts, oder später: es konnte nie etwas werden, nur weniger, bis alles war, was es war, und ich dem Vater und er mir nicht mehr in die Augen sah, kein Wort sagte bei allem Gerede über dies und das.

Ich wandte den Blick ab, beobachtete den Hund, der langsam zurücklief und sich am Rand des Haufens im

Schnee niederließ. Die Terrasse lag jetzt im Schatten, Licht noch auf der Spitze des Fahnenmasts. Ich schaute ins Tal, wo die Sonne knapp über den Bergen stand, hörte mich sagen: »Es wird kalt.«

Der Vater hatte dem Hund gepfiffen, ging mit raschen Schritten die Hauswand entlang und verschwand lautlos im Eingang.

Erst am Abend sah ich ihn wieder; wie er im Lehnstuhl vor dem Fernseher saß. Ich hatte zu sprechen versucht – aber nichts; und schwieg.

Es freute mich, dem Hund ins Fell zu greifen, flüsternd – bis er ausgestreckt dalag, leise zu winseln begann. Ich ließ den Vater und lief – auf der dunklen Straße ins Dorf. Irgendwo hielt ich inne und schaute zurück, sah das Haus; ich stellte mir vor, wie er ins Bett ging, die Stube leer hinterließ. Ich wußte nicht, wer er war, alles schien offen, nur die Ferne – aber manchmal kam ich heran, ohne daß er um sich schlug, und sah ihn zurückkriechen, kleiner und kleiner, eine Marionette, die selbst die Fäden zog.

In der Nacht lag ich lange im Bad – und es war alles wie immer, vielleicht hieß das zu Hause; daß man wußte, wie wenig stimmt, und dennoch nicht, nicht mehr dagegen anlief. Das dachte ich, als ich am Morgen Mutters Hand nahm und ging. Ich sagte nicht viel; ein Abschied – und wieder, als wäre es der letzte. Ich ging, ließ alles zum hundertsten Mal zurück; und doch: manchmal ahnte ich – irgend etwas irgendwie, kein Grund zur Sorge, denn es kam selten vor, daß ich in der Nacht hochfuhr und den Vater sah, Aug in Aug, hätte ich gesagt, beinahe.

Er wußte nicht, was das Dorf für Kathrin war. Von Zeit zu Zeit wollte sie hin, aus irgendeinem Grund, und wenn er nicht nachgab, erfand sie – für jeden Monat, daß es gerade dann am schönsten sei. Es mußte das Fremde sein, das sie anzog, etwas, das nicht auszudrücken war, oder wenn, den Reiz jäh verlor; wie damals: als ihre Eltern aufs Land gingen.

Ein neues Leben schien für sie auch nach Jahren nicht möglich, klar war: sie dachte an anderes bei bestimmten Begriffen, hinkte nach oder lief weit voraus. Und im Dorf gewann sie jedesmal ein Stück ihrer Eigenheit, es war der Hintergrund, von dem sie abstach, und das hieß: sie wurde nachdenklich, immer mehr sich selbst gewiß.

Auf der Suche nach Gründen kam Georg später darauf, er sah sich gefangen – in Zwängen, in einer Vergangenheit, die vergessen schien. Er ahnte, daß mit jedem Aufenthalt etwas kaputtging, und Kathrin – ihr Drängen wirkte blindlings, dann wieder, als hätte es System.

Im Dorf stieß er sie ohne Grund vor den Kopf, gab ihr schuld an allem; daß sie taten, was er nicht tun wollte, oder er hatte zu viel getrunken, gegessen oder was auch, daß ihm nicht wohl war. Selbst Dinge, die sie nicht ahnte, bekam sie zu hören; sooft der Vater oder Mutter etwas beging. Und ihr Fehler war, daß sie dastand.

Es reichte, wenn die Eltern hochdeutsch sprachen, sich auf sie einließen, als hätten sie selbst, mit ihren Worten, nichts zu sagen. Dann sah Georg wieder, wie der Vater am Telephon verstummte und nach einer Pause mit neuer Stimme fortfuhr, wie er im Gespräch die Haltung wechselte, einen Schritt vor- oder zurücktrat. Und in

Konflikt kam er – mit zwei Sprachen zugleich; wie einmal: da stand er wortlos zwischen den Parteien und sprach, als er sprach, ins Ungewisse, schaute die eine nicht an, noch die andere. Bis Georg wegsah – umso mehr, als er bemerkte, daß er nicht frei davon war; und er hielt Kathrin ihr gespreiztes Norddeutsch vor, das ihm sonst gefiel.

In der Zeit, die sie blieben, brach vieles über sie herein. Es half nicht, wenn sie sich ihrer versicherten – oder die Unwissenheit, was oder warum: alles. Irgendwie schien es Verbindung zu geben zwischen dem Vater, der geräuschvoll die Suppe aß, und einem Was, woran alles hing? Oder die Trägheit der Tage, das langsame Vorrükken auf ein Ziel, das dann keines war, der Gedanke, jeder Gedanke an Zeit – ob das nicht ein und dasselbe, oder wenigstens irgendwie ging es mit seiner Krankheit einher.

Und Kathrin?

Es war Georgs Bequemlichkeit, daß er alles auf sie schob, seine Schwäche, sich nie einzugestehen, wie sehr ihm jede Einzelheit auffiel – wenn etwas schiefging. Er wies nicht sie zurecht, wenn er zurechtwies, sondern die eigene Aufmüpfigkeit gegen den Vater; und manchmal, wenn sie etwas sagte, widersprach er, wohl wissend, daß er es selbst hätte sagen können, nur zu feige war, zu nachlässig. Oder einmal, wie sie Likör wollte und er aufstand, unter den Blicken des Vaters zum Kühlschrank ging und erst später seine Wut ausließ; da wußte er nicht: auf sie, auf sich oder die Prinzipien zu Hause.

Es war wenig, was blieb, nur sein Vorsatz, zu lernen. Und die Erinnerung sollte ihm helfen; wie Kathrin im

Bad saß, aus einem Glas Sekt trank; oder später: sie hatte die Decke unters Kinn gezogen, trug einen Rollkragenpullover, dessen Wolle – allein die Vorstellung hinterließ auf der Haut Spuren.

Einmal, im Herbst, war in der Zeitschrift Tourismus das Thema, und die Hefte, zu Beginn der Messe an den Toren verkauft, gingen weg, bevor das Gerücht entstand, die Stadt habe die Auflage eingezogen und vernichtet. Über Nacht hatten die beiden Schröck auf den Viaduktbögen ein Transparent angebracht, das bunt, in großen Buchstaben für eine Abkehr warb. Es war nur ein scheinbarer Erfolg, weil alles blieb; an den Ständen schob man hin und her wie davor, der Ein- und Ausverkauf lief, als hätte keiner gelesen, oder wenn, bezog es niemand auf sich, die Großen nicht, die im Taxi kamen, für die Zeitschrift Geld und reichlich Trinkgeld gaben und oft am Eingang erwartet wurden. Oder sie hielten inne, sagten ein paar Worte, und einer blätterte hinein, stieß auf Kampls Kleinen Porno: man konnte sehen, daß er Bild für Bild bestaunte.

Es war nicht mehr zu erwarten, ob der Gewißheit, man sei ausgeliefert, müsse kuschen, daß allein die Vorstellung, etwas könnte anders sein, schnell an Grenzen stieß. In Reden kam heraus, daß nichts half, alle angewiesen wären, und der Ton war immer gleich, auch als Grams sprach, eine Wiederholung bekannter Halbwahrheiten.

Erst das leere Rednerpult schien als Zeichen angemessen, die weißen Plastikbecher, die auf dem Boden lagen, weit verstreut, und an den Ständen wurde nichts gesagt:

tausend Worte, aber keines hatte Sinn, oder es war schnell vergessen. Vor jeder Ausschank drängten sich Leute, standen Reih in Reih, dicht gestaffelt um die Theken; auf einer Holztribüne leere Stühle, Notenständer, ganz am Rand ein paar mannshohe Zierpflanzen.

Es war leicht, die Bilder auszutauschen, den Blick zu- oder abgewandt, einmal sah man das Fest, wie es schnell und schneller seinen Lauf nahm, und gleich daneben: eine Lache; auf dem Asphalt, in den Kippen, die herumlagen, schien es jäh vorbei, das gerade Gegenteil. Denn immer war im Trubel Ruhe, in einer Gruppe, die laut die Krüge anstieß, einer, der nicht konnte.

Für Georg lag darin, im Verkehrten, die Wahrheit; daß Kathrin mit der Zeitschrift warb, aber selbst: da stand sie hinter einer Buddel, lachte, lief, ging auf und ab und schenkte Bier in Gläser, ein grelles Bild in ihren Kleidern, dem rot geschminkten Mund, um die Taille trug sie einen Gürtel, im Haar ein Seidentuch, und alles schien ein bißchen – und deshalb viel zu viel. Von der Treppe, die zur Halle führt, sah er zu, sah die vorgebeugten Köpfe, Männer: ein, ein einziges Gesicht, die Hoteliers der Stadt und andere, von außerhalb, im festen Glauben, ihr Geschnips genüge, und alles würde laufen. Er hörte, wie sie Kathrin Mausi nannten, Kleines, und zog sich verärgert zurück; selbst wenn sie schimpfte, schrie – weil er sah: sie ließ sich einladen, trank mit, ging abendessen, in einer Gruppe oder zu zweit, wenn die Stände sperrten.

Vielleicht war das zu erwarten, und weiter hieß es nichts, nur: er hatte einen Trumpf falsch gesetzt. Für Kathrin schien ein Widerspruch keiner zu sein, das Leben – ein Begriff, bei dem man lacht, und wenn sie glaubte: etwas, sie hätte es, verging ein Augenblick, daß sie nicht darüber sprach.

Nur die Zeitschrift wich ab, wenn sie von sich gab, was sonst kaum gedacht, geschweige gesagt wurde und gerade darum Leben barg; nicht das Geschrei der Blätter, die brachten, daß Grams auf der Messe war und den Schnitt des Kleids, das seine Frau trug.

Kathrin tat das ab, sie sagte Unsinn; und doch, am Abend, als der Bürgermeister kam, im Anzug seine Runde ging, von Stand zu Stand – da hätte sie Gelegenheit gehabt, ihn anzusprechen: etwas sagen in das Lachen, Handgeschüttel und den Schnaps, den er nur zur Hälfte trank.

Ihre Reise nach Sardinien war davor gewesen; ein Ereignis, von dem Georg nur verbittert sprach. Er sagte, alles sei schiefgegangen, ein Streit, erst zu Ende, als jeder seiner Wege ging, auf der Fährenrückfahrt: er stand an Deck, und sie lag irgendwo, im Schlafsack – und dann den ganzen Tag die Autobahn; kein Wort, nichts. Begonnen hatte es früh; wie sie nach der Grenze ausstieg, Mortadella, Gorgonzola kaufte, sie trug ihre Fliegerbrille, gab sich, als wäre sie im tiefsten Süden. Da war es schon aus, er wartete, was sonst kam, wie sie sprach, schien nichts mehr zu sehen, nur mit schrägem Blick und Punkt für Punkt Kleinigkeiten, die er ihr dann vorhielt. Er zählte sie auf, als wäre nicht dazwischen Zeit verstrichen, ließ nur weg, worauf er selbst erst später kam; daß er sie, als sie auf der Hinfahrt sang, laut zu singen bat, in einer Laune, und sich insgeheim an ihrer Schnute stieß.

Er begann oft mit dem ersten Abend: im Fährhafen, am Stadtrand, wo sie einen Platz zum Schlafen suchten, im Gebüsch, Scherben, Dosen lagen überall, auf der nahen Straße fuhr von Zeit zu Zeit ein Auto; und wie sie einen Mann sah und nicht mehr zu beruhigen war. Noch Tage später fiel ihr ein, daß irgendwo, sie sagte: in der Gegend, ein Mörder frei herumlief, und gab nichts auf die immer gleiche Antwort, sie wären sicher, weil der Liebespaare... Und Georg lief hinterher, wenn sie einen Weg einschlug, er trug ihre Tasche, hatte sein bißchen Italienisch nach dem ersten Streit aufgegeben und hörte fortan zu. Er hielt sich gut – ein Hampelmann im besten Abstand, wo ein Griff genügte, ein Blick aus dunklen Gläsern; denn es kam selten vor, einmal, zweimal auf der Reise, daß er querstand, sie nicht sah und mit Vergnügen gegen alles war, den Vorschlag, einen Dom, das Kunsthandwerk anzuschauen, in den Wind schlug, oder er blieb zu Mittag nicht am Strand, aß das letzte Stück Pizza und trank dann, für sich, eine Flasche Wein.

Das wäre kaum zu viel gewesen, wenn nicht – er erzählte immer gleich: ein Nachmittag in einem Weinlokal; der kleine, fensterlose Raum, dessen Dunkelheit wohltat nach dem grellen Licht der Straßen. Er sah stets wieder: an den Tischen, dicht beim Eingang, saßen Männer, spielten wortlos ihre Karten aus, scheinbar unberührt; und wie sie aufgeregt an seinem Ärmel zog, weil es das – genau das war es. Bis einer herkam, vom Krieg erzählte, als wäre der nicht vorbei, und daß er jahrelang in Deutschland, dort habe er gelebt, er nannte eine Stadt, wo jetzt sein Sohn war, zeigte Photos, schwieg. Und Kathrin schenkte Wein aus der Karaffe, aß Oliven, selbst den Käse, den der Alte kommen ließ, ein mürbes Stück auf einem Teller, an dessen Rand Schmutz – daß Georg am liebsten eingeschritten wäre, warum sie nicht den spitzen Schrei ausstieß, ein »i« vor Ekel; wie sonst: da saß sie geziert im Auto und wollte nicht, um alles in der Welt nicht barfuß auf den Boden, hielt Abstand, wo es keinen Grund gab.

Irgendwann hatte er genug. Er sah zu, wie sie dem Alten an den Lippen hing, den Mund geöffnet, und von Zeit zu Zeit kam ihre Zunge hervor. Er wußte, daß sie stets darauf hereinfiel: etwas brauchte nur grau oder schäbig zu sein, jemand seine schweren Hände auf den Tisch zu legen, mit Furchen, die plötzlich sichtbar wurden, oder er trug ein Muttermal, das beim Sprechen in der Wange auf und ab ging, und war schon glaubwürdig. Es gab diese bewußte Verwechslung, alles für umso echter zu halten, je tiefer gebückt es daherkam, und einer, der nichts zu gewinnen – und nichts zu verlieren übrig hatte, blieb ein Held, eine Figur, die es dem Leben zeigte und zeigte, wie es war.

Und Kathrin aß mit roten Wangen die Scheiben, die ihr der Alte reichte, fein gehackte Stücke einer geschälten Frucht, bei deren Anblick von den Tischen bei der Tür verschmitzt Gelächter kam. Draußen, auf dem Vorplatz, konnte Georg Kinder spielen sehen, Mädchen, die mit Kreide auf das Pflaster malten. Er lehnte sich zurück, hörte nicht mehr zu; und erst später, viel später, als sie schon gegangen waren, kam er zu sich: die Weiterfahrt entlang der Küste. Und wie er mitten auf der Straße stehenblieb, weil sie sagte: dort, der Baum; und eine Frucht abnahm, den Namen hatte er vergessen, er spürte nur die

Stacheln, er sah sie nicht, er hörte Kathrins Lachen, ein Gelächter, am liebsten hätte er, er hätte nichts, er hätte – auf sie eingeschlagen.

V

Ich ließ es läuten, lehnte mich am Schreibtisch zurück und wartete, daß mein Nachbar abnahm. In der Straße kam ein Auto näher, blieb ein paar Häuser weiter stehen, eine Frau stieg aus, steckte die Zeigefinger in den Mund, und mit ihrem Pfiff ging im zweiten Stock ein Fenster auf. Am Gehsteig, weiter drunten, lag eine Plache ausgebreitet, ein großer schwarzer Fleck auf dem hellen Asphalt. Und dahinter war ein Müllcontainer, der fast überquoll, Schachteln standen vor, ein paar schmale Bretter, die kreuz und quer, mit wild gezackten Bruchstellen, aus dem Inneren kamen. In der Schreibmaschine las ich den letzten Satz noch einmal und wußte, daß kein Konjunktiv der Welt half... Mit der Sonne, die schräg durchs Fenster fiel, tanzten Staubpartikel; und plötzlich ahnte ich den Sonntag, in der Stadt, auf den Straßen, wo einem das Geläut der Glocken, das Klappern der Touristenfiaker tief im Magen weh tat. Ich sah die leeren Parkplätze in diesem eigentümlich blassen Licht, das keine rechte Quelle hat, nirgendwo dazugehört; an einem Tag, wo die Städter aufs Land und die vom Land in die Stadt fuhren, sorgfältig gekleidete Gruppen, in der Maria-Theresien-Straße und sonstwo. Am Bozner Platz stand ein Baukran, und weiter draußen, in einem Garten, würde einer mit Ernst sein Auto putzen, bei geöffneten Türen, das Radio wäre laut gedreht und weithin zu hören.

»Für dich.«

Ich hatte die Geräusche nicht beachtet; wie der Nachbar aufstand, ans Telephon ging und jetzt an meiner Tür war. Er blieb einen Augenblick im Gang, sah wortlos zu, als ich den Hörer nahm.

»Hallo.«

Ich kannte die Stimme nicht – aber der Name, ich brauchte kaum zu denken, so vertraut klang er: es war Kathrins Vater, der ohne Pause sprach. Er entschuldigte sich, sagte: die Störung, und wie er innehielt, kam sein Atmen, heftig ein und aus; als könnte ich es spüren, die Luft am Ohr, feine Tröpfchen Speichel. Ich sah ihn: der Mann am Grab; und einmal, aber das war lange her, saß ich im Hörsaal und hörte seinen Vortrag – über Mikrophon, den Lärm, das Klopfen der Studenten, wenn er einen Witz erzählte.

Ich wußte, daß etwas kommen würde; weil zunächst alles Geplänkel war.

»Du bist schuld.« Er sagte es leise – daß ich ahnte: jetzt meint er Kathrin; aber schuld woran? An ihrem Tod?

Ich sah sie wieder, nach einem Wochenende, sie kam von zu Hause und erzählte breit, wie es war; daß er einfach fragt, alles wissen will – und immer neu: was macht ihr? Bis sie nicht mehr konnte: natürlich haschen, Vater, das weißt du; und er es ernst nahm, er schimpfte, war nicht zu beruhigen. Er nennt dich halbwild, sagte sie und legte mir die Arme um den Hals.

»Das klingt.« Ich hörte ein Knacken, eine fremde Stimme. Im Gang war schwaches Licht, die Birne hing am bloßen Draht von der Decke, aus meinem Zimmer, durch einen Spalt, fiel ein Streifen. Ich schwieg; in jeder

Pause lauschte ich – ob im Rauschen etwas zu erraten war.

Ich wußte nicht, was Kathrins Vater wußte. Ob sie doch – vielleicht hatte sie etwas erzählt. Oder jemand hetzte, daß der Alte um sich schlug, nicht sah, nicht sehen wollte, wie es war.

»Du weißt schon.«

Ich dachte nach; ging Hand in Hand mit Kathrin auf die Klinik zu, es wurde Abend, die Fenster der Gebäude glänzten leblos, irgendwo das bläulich fahle Licht, meine Angst, und sie wies mit ausgestrecktem Arm: dort, das Büro des Vaters, erzählte, daß er oft bis in die Nacht blieb, und einmal sah sie ihn am Fenster, von der Straße, die im Dunkeln lag. Es war eine Laune, die sie in die Wünsche der Kindheit trug, wo alles den rechten Platz zu haben schien – in einer Welt, nicht weiter, als man sah. Und der Vater geriet stets zu groß, wenn sie aufhörte zu klagen: eine Figur, der niemand nahekam; daß es sinnlos war, zu widersprechen.

»Sie sind verrückt.« Ich hatte genug von seinem Gezeter, verärgert, daß ich mich duzen ließ.

Meine Augen waren jetzt das schwache Licht gewohnt. Ich sah das Grün des Teppichs, die Fasern, an den Wänden überdeutlich Plakate, die dort seit Jahren hingen, ihr Werben für eine tote Zeit. Die immer gleiche Reflexion des Standspiegels – die Tür zur Abstellkammer, ein paar Haken, die Rodel, die ich am ersten Tag im Sperrmüll fand – schien selbst ein Teil der Wirklichkeit. An der Tür zum Nachbarzimmer hing ein Schild, ein Spruch in Druckbuchstaben, den ich ein ums andere Mal vergaß.

Kathrins Vater hatte nicht zugehört. Er sprach im gleichen Ton weiter, begann sich zu wiederholen: »Das arme Ding.«

»Es ist alles gesagt«, versuchte ich zu bremsen, verwirrt über das Wort, aber ob es Kathrin traf?

Ich wußte: früher vielleicht; wie die Eltern gingen, ihr den Großvater ließen und sonst nichts. Aber dann? Sie war alt genug und sprach kaum, lag wach, wenn im Haus kein Licht mehr brannte, und sagte von sich, das Kind sei wunderlich.

Ich hörte Kathrins Vater atmen – als hätte er genug. Er tat mir plötzlich leid – ein Mann, der seine Tochter verloren hatte und erst jetzt zu merken schien, daß es nichts gab, was gutzumachen war. Ich sah: er nahm mich als Prügelknaben, um vor sich selbst in Sicherheit zu sein. »Ich weiß nicht, was ich sonst sagen soll.«

Ich schaute wieder die Plakate an, zerstreut die Daten. An der Eingangstür klebten Abziehbilder, ein buntes Durcheinander, dessen Sinn und Unsinn stets neu geordnet schien. Ich roch die Vorraumluft: verstaubt, abgestanden, und spürte nichts mehr, nur tief im Unterleib die Leere, der die ganze Welt zu klein war.

»Hallo.« Ich hielt den Hörer fest ans Ohr; er hatte aufgelegt.

Im Zimmer schien die Sonne noch, ein Lichtfleck an der Tür, der langsam schmaler wurde. Ich setzte mich ins Bett, zog die Nachttischlade auf; begann gezielt, alte Photos durchzusehen.

Er wußte nichts – so wenig, daß die paar Sätze, die er sagte, Vorurteile waren. Er hielt sich nicht zurück, wenn die Rede darauf kam, und einmal: er hatte die Statuten in der Hand und gab sie ungelesen weiter; dummes Zeug, das keinem half. Es schien ihm gerecht, ungerecht zu sein, daß er heftig widersprach, wenn jemand die Vernunft anrief.

Die Bilder, die Szenen, die er kannte: er sah oft nicht hin und spürte Unbehagen; Wut – beim Gedanken, daß Grams Mitglied war, und wie sie schnell verflog, und nichts, eine tiefe Resigniertheit blieb, als Zeichen dieses Landes. Es fiel ihm leicht, den Bürgermeister so zu sehen: ein Jungmann, der mit großen Augen hinterherlief und dann blind die Führung übernahm.

Er wich den Stoßtrupps aus, den Uniformen, dem Geschrei; wenn sie in der Mensa saßen, die Käppis noch am Kopf, und Bier bestellten, die leeren Flaschen stolz in Reih und Glied, als wären die Besiegte, Beweis der Männlichkeit. Er wußte, daß nichts herauskam: diese Feiern vor der Uni; wie sie stramm, den Säbel angelegt, am Fuß der Treppe standen, und einer trat heraus – sie schrien hoch, er lebe.

Es war noch immer so, daß gerade sie oft gute Stellen hatten, Ämter, die einer an den anderen weitergab, und niemand fragte, wie das ging. Sie wuchsen hinein, ununterscheidbar unter sich; weil das Alte blieb, und Neues kam fast nie dazu. Selbst ihr Äußeres – man stand davor und dachte: es paßt sich immer besser an; und nur die Dümmsten, mit Schmissen im Gesicht, hatten plötzlich etwas, es schien persönlich.

Einmal, im ersten Studienjahr, war Georg in ein Vereinslokal geraten, in einen Keller, dessen Fenster auf den Gehsteig ging; man sah die Beine der Passanten – dahinter nichts: geparkte Autos, und in den Zwischenräumen ein Stück der nächsten Häuserfront. Das fiel ihm ein, wenn er später durch die Straße ging, in der Nacht, und manchmal den Lärm, Geschrei oder irgend etwas hörte, das von unten kam. Er sah dann die alten Bilder: große Krüge Bier, darüber die Gesichter; den Wettkampf – Schluck um Schluck ein Saufduell, bis einer vom Hocker fiel. Und unterm Fenster stand die Wache, die Wange für den besten Winkel an die Wand gedrückt, schrie, wenn eine Frau vorbeiging und sah ihr in den Schritt. Es war ein dunkler Abend, im trüben Licht des Raums erschien alles undeutlich: an den Wänden hingen Pin-ups, eine Fahne, daneben Wimpel, ein großes Photo, Erinnerung an eine Feier – im Braunton Kopf an Kopf; auf den Tischen war Bier verschüttet, stand in Kerben, Löchern, sein Geruch, der nie herausging.

Georg sagte sich, es hätte keinen Sinn, er dachte: alles. Und später sah er Grams, bei den Reden, die er hielt; in der Zeitung, wie er irgendwo ein Band durchschnitt oder mit dem Spaten in der Hand posierte, oder er setzte an und trank den ersten Schluck – als Zeichen seiner Nähe. Die Uniform war der üblich graue Anzug, mit Bügelfalten vorn, er trug Krawatten, das Haar gescheitelt. Und was er sagte, schien bekannt, die Sätze über Frauen, sein Grinsen, mit dem er um Verständnis bat, als wären die ein schlechter Witz; oder einmal: er kam aus Afrika zurück und wußte – erklärte selbstgewiß, warum die Welt war, wie sie war. Es ging ihm gut, ein Gerüst der Wirklichkeit schien auszureichen – für seinen Anspruch, oder er hatte keinen; wenn er, ohne zu zweifeln, überall den Fachmann spielte.

Da konnte Georg nur lachen, Mitleid für ein solches Leben haben, und einmal, vor einem Photo – Grams, der einen Kunstpreis übergab, und der Empfänger war ein Schröck – blieb ihm noch das Lachen stecken; weil er sah, daß jeder, auch er selbst, nur eine Rolle hatte, hier- oder dorthin gesetzt im Spiel, das nie zu Ende ging.

Die Reise nach Sardinien als Bezugspunkt; wenn es ein Ereignis einzugliedern galt. Ihre Fragen hatten stets dieselbe Form: konnte etwas davor oder nur danach gewesen sein? Und allmählich, das merkten sie nicht, wurde ein Begriff Gütesiegel, der andere eine Hypothek.

Dabei: ein rasches Ende, das war immer möglich, wenn sie sprachen, als Drohung oder Freibrief schien es ihr Gespräch zu regeln. Von Anfang an galt – oder traf das Wort nicht? Sie wußten, Georg würde im Herbst ins Ausland gehen, und lebten danach; als hätte jede Nichtigkeit auf einmal Gewicht, oder dann wieder schien alles einerlei. Es war einfach: aufhören, bevor es mühsam wurde; sie wäre hier, er dort – und dazwischen Raum, daß nichts dagegenstand, es später für einen Traum zu halten, und genug.

Aber als er fuhr und nach drei Tagen, es waren die letzten des Sommers, zurückkam, als er erschöpft in ihr Zimmer trat und den Schlafgeruch einsog, fehlten ihm die Worte. Sie sollte nicht glauben, er wäre ihretwegen umgekehrt, nichts; er nahm am Bettrand Platz, sagte, daß vielleicht der Regen, das Wetter konnte schuld sein, und sein Stipendium sei jetzt futsch. Da sah er den Vater; wie er in der Küche auf und ab ging, am Fenster innehielt, die Hände auf den Herdrand legte, und wußte, daß es viel zu klären gab.

Ein Abschied hing an ihm, weil Georg immer, wenn er fortfuhr, aufschrak, beim Gedanken, daß der Vater blieb, und er selbst entkam so leicht – in eine andere Welt. Es schien zu einfach – und dann die Ahnung, es gäbe einmal keinen Weg zurück, nur viele hinaus, er sagte: ins Erwachsensein, er sagte Ernst des Lebens und mußte lachen.

An diesem Morgen nahm er Kathrins Hand. Draußen kam Verkehr auf. Und beide ahnten, daß das Spiel vorbei war, ein Abschnitt begann, der ihnen keine Wahl ließ.

In den Tagen darauf wußte er nicht, wie ihm war. Er blieb im Bett, las Bücher, die vom letzten Mieter in der Wohnung standen, ging, wenn er aus dem Haus ging, zum Inn, saß auf der Begrenzungsmauer – und manchmal drunten, am Wasserrand. Er brauchte Zeit für sich, hielt vieles fern, das Geschrei, das von überall kam, zu nichts nütze; und es war zum ersten Mal seit langem, daß er Grams vergaß.

Als er nach Tagen ins Institut ging, hatte das Semester begonnen – mit neuen Leuten; daß er innehielt und dachte, wie er selbst vor Jahren: er sah sich wieder, und der Unterschied schien nicht groß; nur irgendwann, im zweiten oder dritten Herbst, kam der Bruch, der ihn aus der Bahn warf. Da war es zu wenig, etwas ganz zu tun, weil viel auf der Strecke blieb, ein Leben schnell verging – und stets die Angst, ob etwas, ob es schon alles war. Es gab Augenblicke – es hatte sie gegeben –, wo ihm nichts zuwider lief; aber längst sah er mit Distanz darauf, sagte spöttisch Kitsch, und daß er noch nicht sechzehn war, als alles schon geordnet schien, dies hier, das dort, und dazwischen der Abschnitt, auf den es ankam.

Im Institut trank er Kaffee, er saß bei der Sekretärin, ein, zwei Mal im Monat – als Rechtfertigung; damit er wußte, was sagen, welchen Status er hatte. Er sah dann zu, wie draußen, auf dem Gang, Leute an die Arbeit gingen – es war nach Mittag –, und manchmal schaute einer herein, mit diesem Ausdruck, daß er ahnte, sie wußten ohnehin, wer und was er war. Er nahm ihr Verständnis als Spott und konnte nicht anders, mußte lachen, wenn einer zu zweifeln schien; oder einmal, als er in den Türspalt spähte und den Mann in Badeschlapfen sah, der pfeifend sein Aquarium von einem Eck ins andere schob.

Es war die Zeit, er konnte später nicht sagen, ob eine Woche oder länger, in der sich viel entschied; er trug nichts bei. Er merkte nur, wie alles weiterging.

In den Straßen der Stadt war es schon ruhig, der Herbst kam, und einmal, früh am Morgen, sah er die ersten Wahlplakate, das Gesicht des Bürgermeisters, das an Laternenpfählen, Kreuzungsampeln, auf Brückengeländern, auf Holzflächen, an allen passenden und unpassenden Stellen angebracht war – und von einer neuen, einer anderen, wenn man wollte, von der gleichen Zukunft sprach.

Es war jetzt Zeit, wenn man Grams treffen, seiner Selbstgefälligkeit den Stoß versetzen wollte, der ihr zukam. In der Zeitschrift wurde beraten, weil die nächste Nummer bald erschien und niemand wußte, womit, ob es überhaupt etwas gab, das ihm schaden konnte – da alles, die Tradition, der Starrsinn auf seiner Seite war, und es schien ein ungeschriebenes Gesetz zu geben, das Recht dem sprach, der laut genug geschrien und Geld zum Schreien hatte. Von Anfang an stand fest – als Antwort kam ein Lächeln, wenn einer tat, als wäre ungewiß –, wer die Wahl gewinnen würde; selbst die Höhe war kein Punkt, um den man stritt, mit Leuten, denen recht schien, was recht schien, und sonst machten sie sich kaum Gedanken.

Es gab im nachhinein Zweifel, ob Georgs Beobachtung je etwas brachte, ob sie nicht nutzlos war; weil nichts – sie wies den leicht vorhersehbaren Ablauf eines Tages nach; und auch etwas Skandalöses: was hätte es geändert, wäre nicht der größere Skandal, daß man diesen Ehrenmann beschatten ließ? Da blieb der Unfall, ein Ereignis, das, vor Jahren abgehandelt, wenig nützte.

Bei den Treffen sahen sie sich ratlos an, Kampl, Georg, die beiden Schröck und Ewald, und manchmal kamen andere, daß der Platz um einen Tisch nicht reichte und der Wirt noch Stühle bringen ließ. In der Gespanntheit dieser Stunden schien es einerlei, ob einer kleinlaut schwieg oder übereifrig Reden hielt – bis er sah, daß nichts herauskam. Es war längst fraglich, aber niemand stellte die Frage, warum man suchte, wo es nichts gab.

Georg wäre am liebsten ausgestiegen, er fand es müßig, sich zu plagen, und blieb nur, weil er nicht schuld sein wollte, wenn sie später überlegten, warum es schiefging. Er saß in ihrer Mitte, hörte nicht zu, wenn einer laut wurde, er ließ sich bitten, bis er den Blick vom Fenster wandte, durch das er: die Autos konnte er ahnen, Umrisse, die in Augenhöhe ins Rechteck traten und daraus verschwanden, der Lärm blieb länger, der Geruch, wenn man nicht daran gewöhnt war. Ihr Aufwand kam ihm plötzlich zu groß vor, man konnte nicht die Zeit, sein Leben für nichts und wieder nichts vertun und selbstgefällig glauben, es nütze.

Der Augenblick war vorbei, wo eine Idee als ganze wirkte, und auf die Teile stürzten sich jetzt Leute, ohne zu beachten, was herauskam. Keiner schien mehr zu wollen als irgendeine Arbeit; Zeitvertreib, der ihm über die Langeweile half und obendrein das Prädikat gab, er sei engagiert.

Ein Treffen um das andere ging so im Streit aus, manchmal fand sich keiner, der weitermachen wollte, bis sie sahen: es würde ernst; und sie kamen irgendwie zusammen, ein letztes Mal. In der Altstadt trat indessen Grams auf: ein klarer Herbsttag, ein bißchen Föhn; die Leute reckten sich, standen einer dicht am anderen, und die Rede ging unter, wenn sie klatschten, schrien; nur die Blasmusik war laut genug – ein Getöse, daß man schwieg.

VI

Ich wußte davor, worauf es hinauslief; mein erster Gedanke war, der Schreck sei übertrieben, die Anspielung. Von meinem Platz auf dem Sofa sah ich der Kellnerin zu, die die Stufen herabkam und begann, Plastikkärtchen auf Tische zu stellen. Ich suchte ihren Blick, in der Hoffnung, etwas, das Lachen, der Schatten unter den Augen, oder nur die Art, wie sie wegsah, wäre von Bedeutung; ein Zeichen. Es war früh am Abend, die paar Gäste hoben kaum den Kopf, an der Theke hatte einer Sekt bestellt und trank, er schaute auf die Tür, die, geöffnet, den Blick auf vorbeifahrende Autos freigab. In der Luft stand Rauch, sichtbar, wenn man die Augen zusammenkniff und in eine Lampe sah, den Lichtstrahl, der davor zu tänzeln schien.

»Wer sollte schuld sein?«

Am liebsten hätte ich gelacht – über die Selbstgefälligkeit; wie die beiden Schröck dasaßen, auf Beifall aus. Ich sah sie an, bis einer – es macht keinen Unterschied, wer welcher war – den anderen anstieß, wie abgesprochen, Wiederholung einer Geste, und dann: sie schwiegen.

Ich lehnte mich zurück, sah wieder, wie einer sprach, der andere hing ihm an den Lippen oder starrte suchend in die Leere. Ein Wort blieb aus, das hätte kommen müssen, eine Silbe, dumpf; dann lange nichts.

»Unsinn«, sagte ich.

Ein Mann trat ein, er blieb stehen, bevor er sich an

einen Tisch setzte, behielt die Jacke an und begann zu lesen, ein Buch, ich sah nicht, welches. Ich schaute zu, wie er die Seiten umschlug, mit dem Zeigefinger, dann mit der flachen Hand, die Augen blieben ruhig; wie er manchmal aufsah, an den Rand der Brille griff, ins Haar.

Ich ahnte den Ablauf; was die beiden Schröck dachten: ein Lkw, der mitten auf der Straße stand, und Kathrins Wagen krachte ungebremst hinein, ging in Flammen auf, ein Feuer, das erst lautlos, dann dröhnend brannte. Es war ihr Hang zum Übertreiben, ein Spiel, das ihnen immer mehr entglitt; ihr Schweigen Taktik – während ich noch einmal hörte, wie sie begannen.

»Du warst kaum fort.«

Ich kannte die Geschichte.

Ich hatte nichts darauf gegeben, schwieg, wenn es hieß, daß Kathrin Tage, sie sagten: Tage, nicht aus Ewalds Zimmer ging. Sie sagten: dort lag sie – am Boden, las oder schrieb in ein Heft, irgendwelche Zeichen, die sie ihm zeigte, bestürzt, wenn er nichts verstand, zurückwich, oder einmal, als er ihr Geklingel ignorierte, die Tür geschlossen hielt und am Morgen sah, daß sie die ganze Nacht im Flur war. Es mochte stimmen; auch daß sie seine Frage, was sie wolle: was willst du, nicht schlukken konnte und im Restaurant zu heulen anfing; oder das Gezeter um ihr Haar, das sie sich schnitt. Nur die schwarze Messe? Wenn sie erzählten, wie Kathrin nackt, im Nachthemd, vor der Pinte auf- und abging, eine Kerze in der Hand, sie hätte wirr dahergeredet, bis Ewald – er habe nichts gesagt – sie in den Arm nahm.

»Davon spricht er kaum.«

Ich gab mir keine Blöße, sah die beiden wie von weitem. Im erhöhten Teil des Raums, wo die Theke stand, hielt die Kellnerin mit verschränkten Armen Ausschau, trat an die Treppe: ein Blick hinunter – bevor sie in der Seitentür verschwand. Draußen war es schon dunkel. Ich hörte das Geräusch der Autos, sah die Rücklichter, wie sie an der Tür vorbei – sie schienen eine Zeitlang stillzustehen, am Rand des Blickfelds.

Ich dachte an die vielen Male, die ich mit Kathrin hier war; dachte an das erste Mal – wie sie aufgeputzt erschien, ein Band im Haar, ich sagte: schick, und sie errötete. Ich dachte: es wurde schnell ein Ort, wo wir uns trafen, wo wir stritten, später, einander gegenüber – ich nahm manchmal ihre, sie meine Hand –, und es blieb Zuflucht, auch wenn vieles schiefging, auch wenn wir schwiegen, nichts sagten, nicht mehr. Oder das wenige warfen wir uns an den Kopf.

Ich sah dem Mann zu, wie er das Buch beiseite legte, eine Zeitlang seine Hand auf dem grauen Deckel ließ. Er nahm die Brille ab; den nackten Blick, es schien: auf mich gerichtet, daß ich innehielt, nicht wußte, was, und noch einmal fragte.

»Wer?«

Einen Augenblick war es, als würden sie antworten. Einer sah den anderen an, sie lachten, als sie ihre Gläser nahmen; aber ihr Lachen wirkte wie abgesprochen. Aus der Seitentür trat die Kellnerin und kam die Stufen herab.

Es war anders, schwerer als erwartet, und wenn sie am Abend heimkam und aus ihren Kleidern stieg, den langen oder kurzen Röcken, die sie vom Flohmarkt hatte, wenn sie die Schuhe auszog, die hochgeknöpften Seidenblusen und endlich, im Unterzeug, am Bettrand saß, begann sie zu klagen. Oder manchmal konnte er vom Gang Seufzen hören und wußte, wie sie eintrat, daß wieder nichts gelungen war. Er sprach ihr zu, auch wenn er nie vermochte, darin mehr als ein Hirngespinst zu sehen, er sagte: Schnapsidee, war von Anfang an dagegen, als erst ein Schröck, dann Kampl mit immer neuen Plänen kam.

Es schien ihm ratsam, auszuweichen, wenn Kathrin beflissen tat, was man ihr sagte: als blondes Püppchen Köder war; oder wenn sie in der Rolle aufging, so viel Schminke trug, Lippenstift, daß der Mund grellrot und schamlos offenlag. Einmal, er wußte nicht, warum, in der Ruhe eines Mittags, fing er plötzlich damit an und erhielt auf Fragen keine Antwort. Das fiel ihm stets von neuem ein, wenn er getroffen auffuhr: der Einsatz sei zu hoch, und vor ihrem Blick schwieg.

Den Ablauf ahnte er. Er wußte, daß sie manchmal Grams' Pläne, die Termine im voraus kannte – über den Geheimkanal; so nannte sie die Informantin. Es war zu sehen, worum es ging, wenn sie sich umzog; daß der Bürgermeister in der Goethestube oder im Europa speiste, oder irgendein Empfang zu Ehren war, im Rathaussaal – und sie lief hin, begehrte Einlaß, wie es heißt.

Ihre Absicht, was sie tat, wie weit sie ging, schien ihr selbst nicht bewußt, wenn sie unter Leuten stand – oder hörte, die Gesellschaft sei geschlossen, und auch kein Flehen half. Es kam dann vor, daß sie draußen an den Fenstern blieb und sah, wie Grams eine Rede hielt, im

Anzug an der Tafel saß, beklatscht von scheinbar immer gleichen Leuten, und einmal, zweimal war seine Frau dabei; daß ein ernst gemeinter Anlauf von vornherein zerbrach und sie nicht dachte, nicht denken mußte, wie sie vorging.

Georg hatte laut gelacht, wenn alle schwiegen, nicht auszusprechen wagten, was es hieß: daß Kathrin sich heranschlich, und weiter würde sie schon sehen. Er kannte diese Haltung, die keine mehr zu sein schien, von ihren Regeln frei, bis nichts blieb; nur Sprache, das Wörtchen »heilig« oder irgend etwas: ein Trumpf – für die letzte Schweinerei. Es fiel ihm nicht ein, hinter ihr herzugehen oder anzuzweifeln, was sie sagte: daß sie kein bißchen weiter, nie mit Grams zu sprechen kam, geschweige mehr; wie einmal, sie habe sich in Hötting aufgestellt, da war sie nur verblüfft, als er grüßte oder grußlos sein Haus betrat.

Im Trost fand Georg zu sich selbst, erstaunt, daß ein Leben so geregelt schien, ein Ausbruch nie, nur als Ende möglich; und es war viel, als er einmal, an einem Nachmittag, zwei Mofas lieh, mit Kathrin nach Sankt Nikolaus, Mariahilf, nach Mühlau fuhr: ans Grab des Dichters – und später kreuz und quer durch die Stadt, bis es dunkel wurde. Am nächsten Abend kam er mit dem Vorschlag, auszugehen, hätte gern die ganze Nacht getanzt, den Teil von sich, der niemals tanzte, abgelegt, als sie eine Bar betraten. Auf einem Spaziergang wählte er die alten Wege, nach Hötting, Sadrach oder wieder den Inn entlang, wo schon Laub lag – und in der Herbstluft das Geräusch der Autobahn. Es war Angst, die ihn mitten in der Nacht aus seinem Bett zu ihr trieb, in ihre Arme, an ihre Brust, die auf und ab ging und schnell den Traum, sie könnte tot sein, den Wahn zerstreute.

Wenn er mit ihr schlief, versuchte er zu denken, wie es früher war, bis alles vorbei, gewesen schien und er die Vergangenheit deutlich sah – und wie wenig davon blieb. Er nahm dort Maß, versagte sich, den Kopf zu drehen, daß eine Änderung nichts Gutes hieß und er vor der Frage stand, was wirklich war. Oder er dachte nicht nach, sah reglos in die Dunkelheit, hörte ihren Atem, das Geräusch des Bettzeugs, wenn sie sich wand, und roch den Schweiß, voll Angst, daß die Stille etwas barg, das ihn bedrohte.

Es war dann Zeit genug, sich zu erinnern, bis zum Morgen, wenn er wach lag – erstaunt über die Gedanken, das Gedächtnis, das durchließ, was ihn am meisten traf; verzerrt von der Nacht, daß er manchmal auf den Balkon trat, suchend in den Hof sah. Da half keine Logik, oder sie müßte sich selbst verkehren, der Dunkelheit gerecht, der Stadt, die schlief – für nichts zu haben.

An einem Abend, als sie aus dem Haus war, öffnete er die Lade ihres Schreibtischs, nahm das Tagebuch heraus, blätterte es durch, und alles schien auf ihn gemünzt. Er dachte wieder an den Mann, der ihn im Vertrauen anhielt, an eine Theke zog; wie er lachend rief, er sei ein Freund, und erst das Wort »gewissermaßen« etwas hieß.

Da schien alles anders, eine neue Wirklichkeit; das Schweigen des verschmähten Liebhabers Geschrei, wenn er wie abgestellt im Nebenzimmer lag und durch die Trennwand hörte, was vor sich ging. Es war kaum zu glauben, daß er nicht aufstand, nicht davonlief; daß er es hinnahm und am Morgen, scheinbar gut gelaunt, erschien.

Im Tagebuch war das beschrieben, als habe Kathrin gelacht, als habe sie Lust daran gehabt, oder sie wußte nicht; vieles blieb unklar, viele Kleinigkeiten – und im Großen: Großes gab es kaum.

Georg kam Tage später für sich darauf zurück; er hielt im Gespräch inne und schwieg, weil ihm danach war. Er wußte nicht mit ihrer Neugier umzugehen, den Mädchenträumen, einer Wirklichkeit, an die er stieß. Irgendwann hatte er aufgehört, auf sie einzureden, und nahm es hin, wie sie schwärmte, von einem Leben im Süden sprach. Oder einmal kam ein Freund aus Rom, ein Mann, der nur zu lächeln schien, die Hand beim Händegeben naß; ihr Gezwitscher und Gezirp – und als er fuhr, im Bahnhof Tränen, ein Kuß auf beide Wangen, auf den Mund.

Es gefiel ihr, wenn er sich wand, wenn ihn am meisten störte, daß sie nicht anders war, ein Gedanke nicht ihrer, von tausend Frauen gedacht, gedankenlos – daß irgendwo, woanders das Leben sei. Er gab sich erstaunt, wie er das alte Spiel, die alten Regeln sah, auch die Sprache war die gleiche, ganz unbrauchbar, verschliffen im Gebrauch, die Worte – und mit den Worten, was dahinter stand. Da blieb nicht viel, nur übergroß die Form; Erwartung, die sie hatte, ein Feld, das nicht zu füllen war; oder wenn es manchmal so schien, wenn sie einen Augenblick glaubte: jetzt, gab sie sich preis – weil jeder, auch ein ernster Anlauf, Anlauf blieb.

Es war dann einerlei, nicht zu verstehen – oder er hatte

verstanden, daß ihre Art, wie sie scheinbar um sich schlug, in die Luft ging. Er nahm es hin, als wäre nicht er gemeint, er gab den Geschichten, die sie nach und nach erzählte, keinen Sinn, hielt sich zurück, wenn ihm eine Frage kam und mit ihr die Antwort oder wenigstens Angst davor. Er war auf sie eingestellt – und trotzdem getroffen, wenn sie lachte, spöttisch sprach, oft seine Sätze, die er zum Schutz ersann.

Dabei ging es nicht darum, was wirklich oder nicht geschehen war. Er wollte nichts wissen, und wenn er auf der Treppe einen Mann traf, sah er an ihm vorbei; ein möglicher Rivale. Er kannte die Gesichter, ohne hinzuschauen, suchte im Spiegel, was ihn damit verband; er kannte die Gespräche, hatte ein Bild – und sonst erzählte sie davon, daß einer mit der Sprache, der andere mit dem Leben... aber schreiben, sie schrieben, und noch ein anderer war tatsächlich... und die Geschichten ähnlich, der Ablauf, Unterschiede nur gemacht, man mußte beim Gedanken lachen, weil nichts half, wo alles gleich begann und gleich zu Ende ging.

Nur einmal, das war neu; als dieses Milchgesicht: es hielt um ihre Hand an – und Kathrin sprach im Ernst darüber; ganz Tochter des Professors, die sich auf ihren Stand besann, den Vater, auch wenn der keiner war. Am selben Tag trat Georg zum ersten Mal in ein Lokal, wo sie bediente. Wortlos saß er an der Theke, sah ihr bei der Arbeit zu, bis der letzte ging. Auf dem Heimweg schwieg er immer noch, lief weit voraus, er sagte erst zu Hause, daß ihm das zu viel sei, und fing an: er stellte Fragen; es kam vor, daß er mitten in der Nacht noch wissen wollte, wer sie war, warum, wovon es nichts zu wissen gab.

Es schien ihm zu einfach: was nicht zu klären war, in die Vorzeit abzuschieben, auf einen Vater, den allein die Schuld traf; bis man weiterdachte, ihn selbst als Sohn sah, und immer weiter, daß zuletzt alles auf einen ganz am Anfang fiel, oder es verlor sich in der Zeit. Er wollte Kathrin nicht mit längst bekannten Sätzen abtun und stieß doch wieder, wenn er sich fragte, wie es war, auf den so sehr geliebten, den gehaßten Vater. Da erklärte sich die Haltung, die sie immer neu zu suchen trieb; und es war klar, daß sie weit am Ziel vorbeiging mit den Männern, die sie kannte: einer wie der andere Abklatsch, wenn es galt, sich mit der Welt zu messen, die sie als Kind sah.

Er war erstaunt, als sie am ersten Tag damit begann; daß sie immer wieder etwas sagte und einmal die Bewunderung, ein anderes Mal den Haß nur schlecht verbarg. In ihrer Offenheit kam zum Ausdruck, wie sehr sie selbst nicht wußte, wovon sie sprach, und die vielen Worte halfen ihr.

Ein Mann mußte geistig etwas zeigen, dem Vater, der seit Jahren auf seinem Lehrstuhl saß, das Wasser reichen; oder er sagte – er hatte nicht viel zu sagen und wies dafür das bißchen in einem Band gedruckt vor. Dazu kam, daß sie so lange ihren Schulabschluß betrieb, aus irgendeinem Grund, und auch darum hochhielt, was scheinbar höher stand.

Er sah, wie sie hinter Leuten her war, wie geschickt sie ein Spiel plante – bis nichts zu tun blieb, und sie saß wartend da; sie sagte: im Salon, weil jeder kam. Dort, in ihrem Zimmer, hielt sie Empfang, ließ alle einzeln – sie ließ gemeinsam vor: es gab Treffen bei Kaffee und Kuchen, Kränzchen, an denen Georg nicht teilnahm; weil er ahnte, daß immer mehr zerfiel, von ihr, von sich und dazwischen lange schon. Es war die Phantasie, eine Idee von Reinheit – allein das Wort –, die Vorstellung, sie wußte kaum: vom geglückten Leben, dem des Denkers, das sie frei verstand; es war ihr Anspruch, es müsse ganz auf sich bezogen sein, verbürgt in Büchern, im Tod der toten Dichter, die sie für geschlechtslos hielt; oder es war irgend etwas, ein Gedanke. Oder wenn er mit ihr schlief: daß sie ihn nicht ernst nahm und seine Männlichkeit ihr Gegenteil bewies.

Er hatte nie versucht, davon zu sprechen. Die paar Mal, wo es möglich schien, hielt er sich zurück, und wenn Kathrin etwas sagte, wog er ab, wie ernst es war. Es lag an ihrer Art, zu reden, die er langsam richtig sah, an diesem Hin und Her, das schwer einzuschätzen ging, einmal auf Zustimmung, dann auf Ablehnung aus – daß man nie wußte, was sagen, oder, was man sagte, falsch war. Er hatte gemerkt, daß er besser schwieg, wenn sie über ihren Vater sprach, fing nur einmal, zweimal an – und kannte das Tabu.

Es war die Sprache, die mehr und mehr zu fehlen schien, als Zeichen eines anderen Mangels – oder als Grund dafür. Sie wußten, daß ihr Schweigen nichts Gutes hieß; und das eine oder andere Mal – ein letzter Widerstand – fielen ihre Worte deutlich aus, es gab wenig zu sagen, und das bißchen konnte nur geschrien werden, ließ sie bestürzt und wieder sprachlos zurück.

VII

Am Abend mochte ich die Stadt. Ich hatte aufgehört zu arbeiten und ging hinaus, beschämt, wie warm und schön es draußen war. Im letzten Licht lag unwiderstehlich diese Gleichmut in den Dingen, daß man denkt, es kommt auf einen nicht an, alles ging von selbst den Weg, der vorgezeichnet schien. Auf den Plätzen sah ich Leuten zu, zuversichtlicher als sonst, dachte in Gesichter Lachen zurück, einen Ausdruck. Es war ein eigentümliches Gefühl: Einverständnis, für Stunden frei von Zweifeln, es müsse etwas falsch sein.

Ich dachte an Kathrin, sah, wie die Erinnerung allmählich Teile ausschied, Dinge, die man schnell vergißt. Zwischen Büchern, am Boden einer Schachtel, fand ich ihre Briefe wieder und las darin, ich sah das Photo, ein altes Bild, ihr Gesicht vor dem Treiben eines Karnevals. Es war eine klare Aufnahme, der Blick festgehalten, bevor er sich zurückzog oder auswich; daß ich zwanghaft dachte, wie gut es ihr ging. Überall standen dunkle Masken: meine Angst; im Hintergrund ein Dom, ein Stück Himmel, wie nicht wirklich.

An einem Abend sah ich Grams – zum ersten Mal seit meiner Rückkehr; bei einem Gespräch in der Uni, er saß am Podium. Vor dem Eingang Leute; ich war ihnen gefolgt, ohne zu wissen, warum, ohne Erwartung. Ich ging, alles schien recht; daß ich nicht einmal staunte, als ich ihn sah, aus der letzten Reihe des Hörsaals.

Man hatte einen Tisch vor die Wandtafel gestellt, darauf Mikrophone, auf vier Stühlen dahinter saßen Männer, einer wie der andere im Anzug, und Kärtchen gaben an, wer welcher war.

Ich hörte anfangs kaum zu, sah Grams unverwandt an.

Wie gestellt kam es mir vor.

Ich hielt Ausschau nach einem Zeichen, nahm nur den immer gleichen Ausdruck wahr, die gleiche Haltung; und merkwürdig, daß man so glaubt, was man nicht glauben kann.

Er saß da, die Hände am Kopf, beugte sich manchmal vor und blätterte in einer Mappe. Beim Sprechen, wenn er länger sprach, trat ihm Schweiß auf die Stirn; er sah die anderen an, holte aus und stieß wie aus großer Höhe zu, überzeugt, daß er traf, getroffen hatte, wenn er mit einem Lachen innehielt. Er ließ sich nicht beirren, sprach ruhig, ohne Gestik, blieb Antwort schuldig, als wäre längst alles gesagt.

An der Wandtafel, in großen Buchstaben über die Breite geschrieben, der Titel der Veranstaltung; darunter, halb verwischt, standen englische Verben, ihre deutsche Bedeutung; Silben, manchmal Teile – wie symbolisch für das Gespräch, das stockte, abbrach, ein Fluß kam nie zustande.

Was das soll? »Ich weiß nicht.«

Es war eine Frau, die sprach. Sie saß neben mir, einen Stift in der Hand, hatte geschrieben und begann jetzt, einen Arm vor ihrem Kopf zu schwenken, murmelte, schrieb wieder. Ihr Gesicht war über das Blatt gebeugt; ein Ausdruck von Eifer, wenn sie aufsah.

Ich sagte nichts.

Sie hielt inne, legte den Stift geräuschvoll auf die Bank. Ihrem Blick wich ich aus, schaute nach vorn, wo Grams seine Mappe über den Tisch zog und eilig zu blättern begann. Es war plötzlich still. Dann ein Geräusch, ein Schlag auf die Tafel, ein Fleck blieb zurück, Spritzer, die sich nach einer Seite verloren. Ich sah in den vorderen Reihen die Leute, sah in wildem Durcheinander Gegenstände, alles mögliche flog; und schon wurde es laut, man rief, schrie, man drängte aus der Bank; Ordner schritten ein, hielten zurück, während Grams und die drei anderen: sie verschwanden mit über den Kopf gezogenen Sakkos.

Ich blieb, bis der letzte aus dem Saal, bis es ruhig war. In den leeren Bänken wieder Ordnung; vorn, auf dem Tisch, standen die Kärtchen, standen Flaschen, Gläser, und von der Tafel tropfte es.

Als ich ging, lag der Platz zwischen den Betonblocks im Dunkeln. Ich lief über das Pflaster, durch den Ring der Lampen, und an der Treppe, die hinunter zur Straße führt, blieb ich stehen.

Es war einer der Abende, die langsam, in einer einzigen Bewegung über die Stadt kamen, wo die Zeit stillstand, oder wenigstens tat ihr Fortschreiten nicht weh. Auf den Straßen hatte die Nacht nichts Bedrohliches, selbst die Häuser der Innenstadt, ihre bunten Fassaden, fielen nicht auf.

Ich blieb dann am Bahnhof; oder auf einer Tankstelle, sah unter dem Flachdach im taghellen Licht dem immer gleichen Treiben zu: wie ein Auto ankam und nach einer Zeit fuhr. Oder manchmal nahm ich den Bus zum Flughafen und schaute von der Terrasse nach Westen, wo weit hinten im Tal der Himmel noch hell war. Oder die Lichter gingen entlang der Landebahn an, wenn eine Maschine kam.

Sie hatten nie gemeinsame Freunde gehabt, die paar in der Zeitschrift, aber wenn man nachdachte, waren die keine. In der Zurückhaltung spiegelte sich ihr Verhältnis: am Anfang wollten sie allein sein, brauchten niemand, und später hatten sie mit dem eigenen Wirrwarr genug. Da war für andere kein Platz, oder wenn, auf einer Seite, und zwischen ihnen gab es ein paar, die nicht da- und nicht dorthin gehörten.

Georg wollte es so – froh, wenn er ihre Bekannten nicht traf; weil Kathrin bei ihnen nie sie, nicht die war, die er sonst sah. Es schien bezeichnend, daß er am Anfang, halbblind und fast nicht zu halten, stets von der Ferne sprach, einem Ort ohne Menschen. Er erfand eine Trennung, mit passenden Worten – wenn er seine Leute sagte; ein Begriff, der immer mehr hieß. Denn vor ihnen war es Abstand, was ihm schwerfiel: er sah Kathrin als Teil von sich, in ihrer Gestik, in ihrer Wortwahl seine, und wenn sie etwas sagte, was er nicht gesagt hätte, schämte er sich.

Es gab eine Bekanntschaft, eine gemeinsame, ein Paar in Hötting, das sie manchmal trafen; aber jeder Besuch war der letzte. Was ihnen daran lag, wußten sie nicht; in ihren Gesprächen ließen sie kein Haar an den beiden, sahen sich lachend an, einem dieser Essen entronnen, vom Kino zurück, oder sie hatten einen Ausflug gemacht – wie einmal: im Auto nach Piburg. Vielleicht lag darin ein Reiz: daß sie sich den Mund zerrissen, in der Gewißheit, die anderen trieben es gleich – nach einem Abend im Treibhaus, und die Frau hatte nichts, sie hatte abschätzig auf Kathrin gestarrt.

Ohne Abstand erkannten sie die Gesetze nicht – daß ihnen guttat, was abträglich schien; wenn sie sich besannen, verteidigten, und vielleicht wurden sie so wieder vertraut. Wenn Kathrin sprach, hielt Georg daran fest, sie konnte sagen, was sie wollte, er stimmte zu, im Gefühl, er müsse sie schützen – vor dem Getue um ihre Matura, und was sonst kam. Er sah sie über den Tisch an, in einem Lokal, oder wenn sie zu Besuch waren, und hätte am liebsten geflüstert, irgend etwas, damit die andere, diese Gans, endlich den Mund hielt, aufhörte zu fragen oder hundertmal sagen, wie gut es ihr ging.

Es war eine Bekanntschaft – der Anfang lag Jahre zurück: undeutliche Bilder, Stunden im Hörsaal, wo das Morgenlicht stand. Und später, es gab Zeiten in der Pinte: sie konnten nicht aufhören zu reden und trinken, Georg und – er wußte nicht wer, wenn er den Gastgeber sah, wie er Feinkost auf Teller verteilte und Wein in langstielige Gläser goß. Er erinnerte sich: eines Abends, in einer Küche am Innrain, hatten sie Hasch geraucht; oder der Spaziergang, eine Winternacht auf dem Plateau; und die Gedanken des anderen – er nannte ihn Freund – waren nie eigen. Ein einziges Bild schien zu stimmen; wie er ihn einmal über fremden Heften ertappte und die Angst sah, er könnte etwas versäumen.

Georg wußte genug. Er schwieg, wenn die Frau eiferte, wenn sie versteckt zu vergleichen begann, und das Ergebnis war immer dasselbe; wie gut sie es hatten, seit ihr Schatz, das sagte sie – und trällerte: einen Platz an der Uni. Und er wurde kaum ernst genommen, seine Arbeit, Kathrin. Es war nicht kränkend; er konnte lachen, wie sie stolz das Wort Tagung aussprach – und ihre roten Backen; oder wenn sie erzählte und das Erzählen hinter der Aufregung blieb, wußte sie nicht, was tun, vor Speichel, der in den Mundwinkeln stand. Oder er sah ihren Namen, den sie mit Bindestrich schrieb, und dachte sich hämisch, daß sie in den Geschäften der Innenstadt, an den Ständen der Markthalle die Frau Doktor war.

Daran schien ihr gelegen, wenn sie Anekdoten aus der Schulzeit erzählte, oft prustend, sie überschlug sich, kam mühelos auf den Institutsklatsch, auf immer neue Geschichten; daß einer von seiner betrunkenen Frau verprügelt, ein anderer geschieden wurde, weil er, verschwitzt und verdreckt vom Klettern zurück, das Eherecht erzwang. Und noch ein anderer hätte sich hin und her gemüht in seiner Vorlesung und sei ein Fall für die Klinik. Sie erzählte mit glänzenden Augen, sah über den Tisch oder wartete, dankbar, daß ihr Mann den Kopf behielt, sich nicht mitreißen ließ; und tat ungezwungen, als hätte sie selbst alles erlebt.

Worauf sie Wert legte, war klar, und die paar Mal: sie sprach von ihrer Liebe, und es klang wie Vorsehung; wie sie ihn, wie er sie fand, als wüßte sie nichts. Allein der Gedanke, daß ihre Verbindung notwendig war; aber sie hielt daran fest – und wenn schon, wenn rundum bewiesen wurde, wie zufällig. Und einmal verstieg sie sich: ein zwingendes Unglück wäre ihr lieber als ein Glück von ungefähr.

Georg hörte zu, wenn sie am Telephon sprach, als

Schwiegertochter oder in sonst einer Rolle, und dachte: vielleicht war es genug, etwas zu glauben, und man brauchte nicht mehr. Er wollte nicht wissen, ob sie im Schlafanzug schlief, den sie am Abend schon trug, oder wie sonst die Gewohnheiten waren; nur einmal, auf einem Fest, hatte er zufällig ihre Brust berührt und gesehen, wie sie errötete – daß ihm die Vorstellung schwerfiel, sie würde lustvoll die Beine breitmachen.

Das verstärkte sein Bild von einer Welt, die auf dem Kopf stand und im Schein wahrer zu sein schien als in Wirklichkeit. Er tat sich leicht, den Freund in ein paar Sätzen zu schmähen: wie farblos er war, wie langweilig; was er sagte, tausendfach bedacht, zu spät oder wertlos. Nur der Reiz, alles zu sehen, hielt ihn, er fühlte sich angezogen, blieb – unberührt, wenn die Zeit scheinbar sinnlos verstrich. Und ein paar Mal horchte er auf; sooft die Frau Grams erwähnte und tat, als wüßte sie, als gäbe es etwas, das wissenswert war. Dann sah er sie an – erstaunt – und mußte erst lernen, daß nichts kam, oder nur, was er erwartet hatte.

Auf dem Heimweg, wenn sie allein waren, nahm er Kathrins Hand, er sah kein Hindernis, stark gegen die Fassade der anderen. Er mochte es, wenn sie nicht an sich hielt, in wildem Geschimpf die Erregung abließ: so eine Kuh, und die weiß nicht. Oder wenn sie jedesmal wieder zum letzten Mal schwor, sie ginge nicht hin, nie mehr, sich anstarren lassen. Dann schien für Augenblicke alles gut, ein Gefühl großer Ruhe überkam ihn, wie sonst nur, wenn er geschrieben hatte und am Abend ziellos umherging, in der Innenstadt, den Leuten nah – und doch, als hätte er nichts mit ihnen zu tun. Es gab Sekunden, wo er dachte, daß Einverständnis eine Form der Auflehnung war, gegen den Alltag, der einen zwang, nein zu sagen; oder man trat aus ihm aus.

Es war eine Laune, daß er Grams' Tochter anrief und sie in einem Café traf. Er behielt es für sich, weil er wußte, welche Hoffnung die anderen hatten, daß sich etwas ergab; er wollte niemand kränken, hatte keinen Grund, warum er es tat, wenn nicht für die Sache – oder in welchen Worten man sonst sprach. Es war ihm gelungen, Abstand zu wahren, weil er Pläne nicht ernst nahm, wieviel man noch und immer noch tun könnte; als ginge es darum, nicht bereuen zu müssen, was man vergaß.

Er erwartete nichts, für sich nicht, noch für andere, und saß ihr entspannt gegenüber, im Café, wo Abendlicht in die Fenster fiel. Da wirkte es lächerlich, wenn er mit Politik kam, oder war dafür das Wort zu groß? Und nach einem ersten Anlauf hielt er sich zurück, hörte auf, hinter der Tochter den Vater zu sehen. Oder er lachte, wenn er in ihrem Gesicht zu suchen begann – und nur sich fand und Kathrin. Es tat ihm gut, vor einer Fremden, ihrer Aufmerksamkeit – was sie traf und was nicht – die eigene Sicht zu prüfen, und vielleicht: einen Augenblick der Gedanke, daß ihn jemand sah, und die anderen kamen drauf.

Er ließ sie erzählen und stellte Fragen gezielt; was auch: er horchte sie nicht aus.

Von seinem Platz sah er die breite Straße, am Ende eine Kreuzungsampel; auf dem Gehsteig gegenüber trieb der Wind Laub vor sich her; zwischen Bäumen standen Autos, schräg geparkt, und ihre Hinterteile ragten hoch.

Es war eine Geschichte, ununterscheidbar von anderen, nur Kleinigkeiten, auf die es nicht ankam, und er erfuhr, was er ahnte, über ihre Kindheit, und daß der Vater war wie alle, seine Ehe glücklich – oder unglücklich; wie Ehen sind. Er mußte lachen, als ihm einfiel: er wollte das Gegenteil beweisen, nicht aus Überzeugung; aber weil er glaubte – aber was? In einer Pause – sie sprach nicht, steckte eine Zigarette an und zog daran – begann er zu erzählen. Er mochte ihren Blick, schaute sie an – und sah, wie leicht: aus einer Geschichte heraus-, auf eine andere hereinzufallen.

Es kam vor, daß er halbe Nächte wach blieb, am Schreibtisch saß, schrieb, er ging nicht zu Kathrin, ließ das Telephon läuten, als könnte nur sie es sein, die anrief. In der Stadt mied er Lokale, wo er Bekannte traf, er wählte neue Straßen, andere Stadtviertel, fuhr im Bus nach Amras, in die Reichenau, ins Olympische Dorf, ging spazieren, wo Wohnblocks standen, auf leeren Plätzen; nur am Gehsteigrand geparkte Autos, die Lichter in der Nacht, immer neue Muster auf den Fassaden zeigten: er war nicht allein. Er ließ sich gehen; er aß kaum, einmal einen Tag nichts, stand in der Nacht auf und kochte. Morgens, wenn er aus dem Haus trat, erschrak er: Leute stiegen in die ersten Busse; an der Unikreuzung Studenten, und der Himmel schon blau.

Die Geschichte, die er schrieb, war für Kathrin, eine Rechtfertigung; Abschnitte, er warf viele zum Abfall. Nur manchmal, wenn er sich nicht selbst haßte, verwahrte er ein Blatt, nahm Notizen. Ihm fehlte der Ton, und einmal, als er einen Brief an sie begann, hielt er nach ein paar Zeilen inne, er lachte: so ernst war es nicht; und stand erleichtert auf.

Wenn er in die Stadt ging, lief er kreuz und quer – durch irgendwelche Straßen; bis er genug hatte. Er sah den Weg auf einen Plan gezeichnet, mit Überschneidungen, Knotenpunkten. Er blieb stehen, schaute den Huren zu, die zu zweit, zu dritt an einer Hauswand lehnten, sie traten in den Eingang, gingen ein paar Schritte den Gehsteig hinauf, drehten um, und wenn ein Auto hielt, fuhr manchmal eine mit. Dann sah er den Lichtern nach, sah, wie er wortlos: er stieg eine Treppe hoch, vor sich den Rock, dicke Schenkel – in Nylon verpackt, er hörte das Klacken der Schuhe und lief plötzlich; lief die Stufen hinunter, hinaus auf die Straße.

VIII

Es waren jetzt Wochen in diesem Zimmer. Ich hatte gelernt, aus dem Geräusch ankommende Autos zu unterscheiden, saß am Bettrand, hörte Schritte die Treppe herauf oder hinunter, die Haustür fiel mit einem Schlag ins Schloß; und seit ein paar Tagen hatte mein Nachbar Besuch, eine Frau, die lange blieb, ich hörte Stimmen, ihr Gelächter, manchmal bis in die Nacht. Am Gang, in die Abstellkammer, hatte man begonnen, eine Dusche einzubauen, auf dem Boden lag Bauschutt, Werkzeug, und tagsüber trieb mich der Lärm außer Haus.

Ich traf Ewald noch einmal; ein Tag – die Sonne schien warm in die Straßen: über dem Asphalt zittrige Luft. Wir gingen in den Hofgarten, setzten uns beim Pavillon auf eine Bank, zu den Schachspielern, die schweigend die Figuren bewegten, nur manchmal ein Laut, ein Zuschauer sprach. Auf den Kieswegen Spaziergänger: immer gleiche – unauffällige Gestalten; abseits der Parkwächter, an der kurzen Leine den Hund, er trug die Uniform, eine Schildkappe, Hose mit seitlicher Naht, die schweren Schuhe wie eine Auszeichnung.

Ein Gespräch über Kathrin; jetzt fiel es uns leicht. Ewald wich nicht aus, wenn ich begann, er antwortete, als habe er ein für alle Mal geklärt, was und warum; oder ließ sich Zeit – und tat das bewußt. Über seine Rolle schwieg er; und ob es wirklich war wie erzählt: Kathrin verrückt, von keinem, nur von ihm zu erreichen.

Er sagte: »Ihre Angst.«

Er stand auf, zog die Jacke aus, nahm wieder Platz. Ich merkte: er hielt sich zurück; und es schien ratsam, ihn von selbst reden zu lassen – wenn ich wollte, daß er sprach. Ich sah ihn an, das Gesicht von der Seite; und dahinter: auf dem Brunnenrand saßen Mädchen, sie krempelten die Ärmel hoch, fuhren mit nackten Armen ins Wasser.

Ich erinnerte mich: der Beginn des Gesprächs, auf dem Weg in die Stadt; wie ich sprach und er plötzlich zu lachen begann.

»Ein Verdacht?« Er sah an mir vorbei. Es war nicht mein Wort; und doch hielt er mich an, zu erzählen.

Aber was?

Ich sah wieder: einmal, wie Kathrin nachts heimkam, wie sie wortlos, dann murmelnd vor mir stand. Ihr Haar war gelöst, sie hielt den Kopf gebeugt und schüttelte es in die Stirn, ins Gesicht, sah zwischen Strähnen hervor. Die Arme hatte sie über der Brust verschränkt, die Schultern vorgestreckt, als friere sie.

»Und ihr Blick«, wie von woanders.

Ewald schwieg.

Ich spürte sein Drängen, als er aufstand und ein Stück ging. Er verschwand hinter dem Pavillon, kam wieder. Er zog einen Apfel aus der Tasche, biß hinein, hielt ihn weit von sich, schaute befremdet die Bißstelle an. Ich sah die Finger, blau und grün lackiert die Nägel auf der fast weißen Schale – und hörte Kathrin; wie sie sagte, ich wüßte nichts.

»Was weißt du?« Sie warf lachend ihr Haar zurück, sah mich an, daß ich dachte: ein Spruch; weil es stets wieder vorkam, nur im nächsten Augenblick hatte sie vergessen, was; oder tat es mit einer Handbewegung ab, wie eine Andeutung, wie Gespräche von anderen, manchmal.

Ich begann zu zweifeln; wenn sie Abend für Abend allein in die Stadt lief, mit dem Ziel, Grams zu treffen – und wie es dann weiterging. Vielleicht hatte sie Glück: er nahm sich Zeit, lud sie zum Essen ein, in ein Restaurant. Ich stellte mir vor, wie sie zum Nachtisch in ein Dorf fuhren, aufs Plateau im Süden der Stadt, wo Hotels stehen und Höfe, zu Gasthäusern ausgebaut. Dort wären sie gesessen, im Freien vielleicht, an einem Abend, wenn es draußen warm war.

Ich mußte lachen, als ich Ewald erzählte, wie bedrükkend: die Vorstellung. »Und dahinter?«

»Dahinter?«

Ich schaute den Mädchen am Brunnenrand zu; wie sie sich vorbeugten und kreischend erschraken, wenn eines aus dem Gleichgewicht kam. Ihre Blusen waren klatschnaß, das Haar hatten sie hochgesteckt, mit Spangen befestigt.

»Aber vielleicht«, sagte Ewald.

Ich sah ihn an.

»Vielleicht wußte sie etwas.« Er wartete, warf den Rest des Apfels in einem Bogen über den Pavillon.

In der Stille hielt ich den Blick auf den Boden. Ich hörte überdeutlich das Klacken, wenn ein Spieler eine Figur abstellte; von der Straße jenseits der Parkmauer Verkehrslärm. Auf dem Weg, im Kies, unterschied ich einzelne Steinchen, dachte Muster, Strukturen hinein. Ich war froh, als Ewald weitersprach, er sagte: Kathrin. »Ob sie Grams bedrängt hat?«

Er war beirrt von der Szene, in der Kathrin ihre Freunde fand, vielleicht gehörte sie dazu – mit den Geschichten vom Theater, oder wenn sie eine Rolle spielte. Es stieß ihn ab, zu sehen, wie in den Cafés einer den anderen beschlich. Am Abend, man mußte nur warten, am richtigen Ort sein, im Treibhaus, im Toskana, im Keller des Utopia waren alle Künstler, saßen in Gruppen, saßen einzeln da, und jeder hatte ein Projekt, erzählte. Oder bei Veranstaltungen: einer las, eine Ausstellung wurde eröffnet, und sie fanden sich ein, ihr Geschimpf ging dann Hand in Hand mit Selbstlob, eine Zeitlang dezent; haltlos, wenn sie getrunken hatten oder die richtige Clique dasaß.

Es war festgefahren: einer stützte sich auf das Unvermögen der anderen, als Rechtfertigung, und nur wer zu weit ging, wurde ausgeschlossen – oder ignoriert, damit die Welt heil blieb. Denn irgendwie gelang es, den Schein zu wahren, Geld kam herein, Preise und Auszeichnungen wurden zugeschanzt, und wenn man die Augen schloß, hatte alles seine Richtigkeit.

Georg sah die Leute, er sah, wie sie waren, und erschrak, versuchte, ihnen auszuweichen, und die paar Mal, wo es nicht ging, nahm er das Gejammer, den in Schüben ausbrechenden Größenwahn kaum ernst; er sagte ja, und das war, was sie wollten. Wie sie von ihm dachten, wußte er nicht, ob überhaupt; oder sie hatten mit sich selbst zu tun. Er stand abseits; es gefiel ihm, wahlweise Beobachter zu sein – oder nicht hinzusehen. Und die paar Gelegenheiten, wo er sich ärgerte, waren immer gleich: wenn jemand einen Spruch auf die Verlierer und alles Verlorene sprach, es hochleben ließ und stets von neuem dem Kitsch verfiel, es wäre wahrer.

Er konnte nichts anfangen mit dieser Figur, die sich so elend zu Tode gesoffen hatte, in einem Alter, das keines war; mit den Geschichten, die erzählt wurden, der Beschreibung eines Trinkers, verklärt, zum Teil erlogen, wie und wofür er gelebt habe, und daß er im Gasthaus um ein Glas Wein seine Gedichte las. Es traf ihn nicht, von einem morgens vollgekotzten Waschbecken zu hören oder dem ersten Schluck Schnaps aus der Flasche; von der Mühsal des Lebens, einer Kleinigkeit, kaum zu bewältigen, und dem Geziefer, das es gab, in der heruntergekommenen Bude, in Wahnbildern; das – und mehr, es schien ihm einerlei, weil er den Alltag auf den Straßen, in Wohnzimmern kannte und nicht sah, warum einer, der schrieb, ein besserer Säufer war, oder was auch, wer soff. Er konnte nur lachen, wenn sie seiner gedachten: glänzende Augen – und Gedichte mit Widmung.

Oder: eine Frau bezog es auf sich, auf ihr Leben, entwarf nach und nach eine Ästhetik, wenn sie von Sauftouren sprach, aber vor dem zweiten Glas ging – und dann erzählte, daß sie im Zug, aus Scheu vor den Leuten, den Wein am Klo oder heimlich in einem leeren Abteil trank. Er wußte, daß sie sich in Szene zu setzen verstand; wie einmal, es war in Meran, als sie auf der Kurpromenade ihre Geschichten vorlas, nicht aufhörte zu lesen, und er mußte nach jedem Satz etwas sagen – und sagte nur gut, wie toll er sie fand. Seit damals konnte er ihr Gesicht nicht sehen, oder er sah, wie sie im Licht der Straßenlaterne saß und, über ein Blatt gebeugt, ihrer Haltung etwas durchaus Bedeutendes gab; aber dahinter kam dieser stumpfe Ausdruck hervor, ein bäurisch breites Getue, das ihm zuwider war. Und dann das Geraunz, sooft er sie traf; daß er nie wußte, wie ernst: die ewigen Drohungen, sie bringe sich um. Oder wenn sie sagte, ein Versuch bliebe: die Beine breitmachen; und ihr Lachen dazu.

Wenn er mit Kathrin sprach, tat er vieles ab, erstaunt, wie sie das traf: ihre Lippen wurden schmal, sie begannen zu zittern. Es gab keinen Zweifel, sie fühlte sich zugehörig – einer Seite, die er nicht sah; er sagte Effekthascherei, wenn sie mit Auftritten kam, oder einmal: er las im Tagebuch, die Schuhe des Vaters wären zu groß, und konnte nicht anders, er riß das Blatt aus dem Heft, warf es in den Papierkorb.

Die Nummer der Zeitschrift erschien, ein Doppelheft, auf dessen Deckel in Großbuchstaben die Aufforderung stand, sich zu verweigern. In der Mitte eine Karikatur, die Grams zeigte, wie er, über einen Trog gebeugt, die Arme hinterm Rücken, dasaß, auf einem Hocker ohne Lehne; Hände – ihm hingestreckt, andere hielten den Rand des Behälters umklammert, als wollte sich jemand hochziehen. Im Blattinneren lag ein Aufkleber, ein Ei in Eiform, und darunter stand, daß es nur gelb und weiß – und nichts mehr wäre, keine harte Schale, wenn man zuschlug. Von den Texten hatten die meisten Bezug zu den Wahlen; einer stellte Grams' Leben so dar, als hätte sich alles von selbst ergeben: er sei ohne Zutun von einer Verbindung in die Partei und von jedem Amt in ein höheres gerutscht; andere gaben Geschichten zum besten, die man sonst verschwieg, Anekdoten aus dem Intimbereich, dazu Photos, die ihn mit Leuten zeigten, beim Kartenspiel mit Männern, und eines, wie er irgendwo am

Waldrand stand, er trug ein verschwitztes T-Shirt, ein Handtuch um den Hals und trank aus einer Dose.

Es gab nicht viel, das nicht entstellt war, gedreht für eine Wertung, die Wahl der Worte, mit welchem Satz ein Text begann, wie er zu Ende ging; und was unter den Bildern stand, schien auf den ersten Blick voll Willkür, nur wenn man wieder hinsah, hatte sich das Abgebildete verändert. Auf jeder Seite gab es einen Hinweis, eine Bezichtigung; doch wirklich unwahr war fast nichts, ein Aufsatz, der Behauptungen enthielt, auf Grams' Vergangenheit anspielte, ohne etwas zu sagen; man brachte ihn mit Frauen in Verbindung, und zwischen den Zeilen lag dieses obszöne Lachen, wie nach einem Witz.

Am ersten Abend gingen sie zu zwei und zwei in die Stadt, Ewald und Kampl, die beiden Schröck, und er nahm mit Kathrin einen Pack, schob das Fahrrad auf dem Gehsteig neben sich her, im Gepäckträger die Blätter, sie zogen von Pradl stadteinwärts, das war ihr Revier. Die paar Fußgänger, die ihnen entgegenkamen, eine Gruppe vor der Eisenbahnbrücke, trugen dicke Mäntel; unsichtbar, wer sich darunter verbarg. Es war kalt, wenige Tage bis Allerheiligen, die Farben der Stadt in der Dämmerung blaß, der bunt bemalten Häuser mancher Straßen. In Bürogebäuden brannte schon seit Stunden Licht; wo es hinfiel, hing deutlich dieser Dunst, der alles einzuschließen schien, manche Dinge wirkten wie durchdrungen.

Er ging wortlos neben Kathrin, versuchte kaum, die Zeitschrift zu verkaufen; er ließ Cafés aus, sprach selten jemand an, und wenn, war er nie überzeugend, wollte es nicht sein. Es lag ihm fern, noch einmal die Parolen auszuschreien, er hatte das Gefühl dafür verloren, wie für so vieles, er dachte: auch für die Frau; er spürte einen Arm an seinem, hörte ihren Atem, sah ihn in der kalten Luft. Und der alte Einfall, wenn er in die Autos schaute, die schwarzen Fenster, dahinter nur bei gutem Licht ein Fahrer – er kam ihm wieder: daß im Kofferraum versteckt eine Leiche lag. Dann nahm er die Stadt als Mittelpunkt einer Welt, es schien absurd, daß es außerhalb noch etwas gab, andere, ähnliche Städte. Oder was dort geschah, blieb ohne Einfluß.

Es war bedrückend, wie wenig er sagte, den Unsinn überhaupt nicht, den er am Anfang von sich gab, Worte: bei aller Leichtigkeit ein Gewicht des Augenblicks; das Erfundene schien dann wahr – und Pläne, die er weit ins Blaue trieb. Oder die paar Mal, wo er ernst war, konnte ein Lachen den Unmut, oder was auch, zerstreuen. Jetzt schwieg er, weil er sah, wie wenig es half, wenn man sprach; er hatte aufgehört, an Worte zu glauben, es müßten andere sein, eine neue Sprache.

Es kam vor, daß er sie Tage kaum traf. Er ging im Herbstwald spazieren, ein Stück die Sillschlucht hinein, oder auf dem Plateau, wo die Wiesen abgemäht waren, die Äcker braun und naß. Seit Wochen trug er schwere Schuhe – und mochte es jetzt, wenn die feuchte Erde in den Rillen der Sohle steckenblieb; er stieß die Schuhspitzen an eine Wand und sah erfreut den Dreck, der abfiel, dachte: wie nach getaner Arbeit. Er schlief allein, wagte kaum auf die Uhr zu schauen, wenn er mitten in der Nacht wach wurde.

Wenn er schrieb – manchmal die Hoffnung auf einen

Grund; er mußte lachen, sooft er vor einem fast leeren Blatt innehielt. Es half nicht, in der Vergangenheit zu suchen: einen Anfang, Ketten von Ursache und Wirkung, weil zuletzt nichts blieb; alles stand schräg, wenn er eine Entscheidung traf, wenn er ja sagte und im nächsten Augenblick nein. Überhaupt schien vieles nicht klar; warum einsam, wenn er endlich allein war, oder sein Drang, zu erzählen – was er gesehen, was er gehört hatte, wie manchmal nach einem Kino, einem Tag in der Stadt. Dann fehlte nicht viel, und er wäre zu ihr gelaufen.

Wenn er nicht daran dachte: einmal ließ er eine Woche verstreichen zwischen einem Besuch und dem nächsten, und sooft Kathrin kam, fühlte er sich gestört. Er konnte nicht an gegen den Zwang, zu arbeiten, dem sie im Weg stand – als scheinbar letztes Hindernis vor dem neuen: es war der entscheidende Satz.

IX

»Hasch«, meinte Kampl. Er sah mich vielsagend an, streute mit gestreckten Fingern Tabak auf ein Zigarettenpapier, das er zu einem Röllchen drehte, den verbliebenen Rand zog er in langsamer Bewegung über seine Zunge und klebte ihn fest.

Ein Abend in Ampaß. Autobahntankstelle.

Ich schaute aus dem Fenster, in den dicht fallenden Regen über die Zapfsäulen, auf die Hecke, hinter der in ständigem Wechsel von Licht und Dunkelheit Autos fuhren. Der Parkplatz vor dem Kassahäuschen war leer, weiter entfernt, am Rand der Einfahrt, standen Lkws, ihre Windschutzscheiben glänzten schwarz.

»Ob etwas dran ist?« Kampl schob die Zigarette in den Mund und steckte sie an, begann zu rauchen, mit Wangen, die bei jedem Zug einfielen. Er nahm eine Dose, riß den Verschluß auf und trank. Er hatte sich mit dem Stuhl weit zurückgelehnt, die Füße auf dem Tisch, sah über die Schuhspitzen den Fernseher, der ohne Ton lief; daneben die Kassa. Wenn er schluckte, hielt er die Augen geschlossen.

»Ich weiß nicht.« Ich nahm mich in acht, etwas preiszugeben.

Er saß ruhig da. Wenn er sprach, wirkten die Worte leer, beliebig; oder der Zug um seinen Mund, als müßte er lachen, aber er lachte nie, sah nur spöttisch vor sich hin. Ich schaute ihm nach, wenn er aus dem Häuschen trat, neues Bier holen, oder ein Auto war an einer Zapfsäule stehengeblieben, ein Kunde stieg aus und wartete.

Es gab wenig, das mich mit ihm verband. Er war immer dabei –, einer von uns gewesen, und als ich auswich, einer von ihnen. Aus Gesprächen wußte ich, wie er sich zurückhielt, in einer Gruppe schwieg, oder er sagte nach einer Zeit einen Satz, der endgültig klang. In der Zeitschrift war er der einzige, der nicht schrieb, und wenn man die Figuren seiner Zeichnungen sah, kam einem der Verdacht, sie wären sprachlos; wie eine über die andere herfiel oder wie sie dasaßen und nicht wußten, was tun.

Ich fragte, ob er zu ihnen stand.

»Ich weiß nicht.« Er nahm eine Öldose in die Hand, die er beim Sprechen zu drehen begann. Auf seiner Arbeitsjacke waren Flecken, manche noch naß. Er sagte, wie schwer es ihm fiel, zu entscheiden, er strenge sich an, eine Zeitlang, und dann schien es einerlei; ob er verdammt wurde, oder ein Arsch nahm gerührt seine Hand. Er wußte, wie das Gerede ging, bekam nicht nur einmal zu hören, er wäre wie seine Bilder.

In der Einfahrt näherte sich ein Auto, es blieb ein Stück entfernt auf dem Parkplatz stehen, ein Mann stieg aus und verschwand im Rasthaus schräg gegenüber.

Ich mied Kampls Blick.

Im Fernsehen legte einer sanft seinen Arm um die nackten Schultern einer Frau, er ließ ihn dort, und beide schauten über ein vom Wind bewegtes Feld. Im Hintergrund ein Gewitterhimmel.

Kampl stand auf, er streckte sich, gähnte, kniff die

Augen zusammen. Dann öffnete er die Tür einen Spalt, schob einen Keil unter, und mit der kalten Luft kam ein Geruch nach Abgas und Sommer; und deutlich hörbar das Geräusch des Regens, wie er auf das Flachdach fiel. Er nahm Platz, griff sich in den Schritt und zog die Hose zurecht. Seine Schuhe hatte er wieder auf den Tisch gelegt, den Stuhl angekippt, die Arme hielt er vor der Brust verschränkt; daß es unglaubwürdig klang, wie er sagte, er wäre froh – aber die Frauen.

»Nimm Kathrin.«

Ich sah ihn an, als er erzählte: seine Bedenken schon am Anfang – wie sie zu uns stieß, sich hineindrängte. Er nannte es ihr Steckenpferd, Leuten den Kopf zu verdrehen, ein Spiel, und wenn es ernst wurde, wich sie zurück; oder sie suchte selbst aus, mit wem – und wie weit ein Spaß ging.

»Blutleere Dichter«, sagte er.

Ich hob die Achseln.

Er ließ sich Zeit.

Seine Arme hatte er eng an den Körper gelegt, die Hände auf den Schultern. Den Blick nach draußen gerichtet, fuhr er fort; erzählte, wie Kathrin am Innrain oder sonstwo Huren ansprach, wie sie näherschlich oder eine Weile auf der anderen Straßenseite stand und plötzlich hinüberging. »Ich weiß nicht, wozu.«

Und ich?

Ich erinnerte mich: sie sprach darüber, aber gleichzeitig stieß es sie ab, wenn sie etwas erfuhr, von Leuten gehört hatte, in einer Zeitschrift gelesen, wie es war: das Leben auf der Straße.

Ich schaute auf die beleuchteten Fenster des Rasthauses, versuchte, hinter die Vorhänge zu sehen. Auf dem Parkplatz stand jetzt ein zweiter Wagen, im Scheinwerferlicht Dampf, der von der Kühlerhaube hochstieg. Ich sah, wie auf der Beifahrerseite die Tür aufging und scheinbar ohne Geräusch ins Schloß fiel, hörte plötzlich überlaut den Lärm der vorbeirasenden Autos.

Im Fernsehen hielt ein Mann eine Rede, beim Sprechen blieb seine Mimik gleich, als hätte er nichts: ein Wort zu sagen und wiederholte es; er begann immer neu, wenn er am Ende zu sein schien.

Kampl hatte sich eine Zigarette gedreht und angesteckt, er zog daran und blies den Rauch in einer dünnen Spur über seine Schuhspitzen. Die Asche ließ er achtlos auf den Boden fallen. Er schien die Lippen kaum zu bewegen, als er sprach: man könne manchmal nicht anders. »Man muß durchgreifen«, sagte er.

Ich sah ihn an.

Sein Mund war deutlich zu einem Grinsen verzerrt. Von der Nase zog sich links und rechts eine Falte bis übers Kinn. Er hielt einen Augenblick inne, wie er Kathrin sagte, bedeutungsschwer den Namen. »Als wüßtest du nicht.«

Ich ahnte, was kam.

»Die Schläge.« Er stand auf, zog den Keil unter der Tür hervor und ließ sie zufallen. Eine Zeitlang schien es ruhig, dann war der an- und abschwellende Lärm wieder zu hören, manchmal ein Rauschen, das sich in der Ferne verlor.

Vielleicht war es ihre Sprache, die ihn von Anfang an anzog, dieses leichtherzige Hinsetzen der Worte, und die gleichen Laute bekamen plötzlich eine ganz andere Bedeutung, eine Welt stand dahinter, der nicht der Klotz eines Erbes anhing. Er hatte den hellen Ton stets gemocht, den Ausdruck, den er mit Jungsein verband, auch die Gesten schienen anders; und Nordlicht zu sagen, war schön – daß er eine Zeitlang vergaß, wie plump seine Sprache kam; wie nicht zum Reden gedacht, nur schweigend Gedanken zu ordnen. Manchmal hatte er Kathrin angesehen und fast andächtig zugehört, wenn im Klang ihrer Silben alles verborgen schien, was ihm fehlte; er wußte abstrakte Begriffe zu nennen oder fand keine Worte dafür – und vielleicht war es das.

Als es erste Widersprüche gab, hielt er sich zurück und wußte nicht, woher sie kamen, ob aus der Sprache, oder von außen. Streit war am Anfang schnell beigelegt, und auch später nach einer Zeit, aber die Mißverständnisse im Sprechen blieben; besonders wenn Kathrin ein Wort aus dem Dialekt nahm und den falschen Ton traf. Er wollte dann wissen, warum, oder tat ganz gespreizt, wenn er hochdeutsch sprach, die Silben streng abgetrennt, oder ihm fiel ein Fremdwort ein.

Es war, als beleidigte sie ihn – und gleichzeitig sich, wenn sie Schritt für Schritt die eigene Identität aufgab; eine andere nicht annehmen konnte. Sie fiel auf das bißchen Exotik herein und vergaß, daß es notwendig war, draußen zu stehen, und ein Eintritt oder der Versuch, einzutreten, hob rasch alles auf. Zuletzt schien sie genau in der Mitte zu sein, ohne die Möglichkeit, sich für eine Seite zu entscheiden.

Da bekam vieles eine andere Deutung. Für Georg verlor ihre Sprache den Reiz: die Eigenheiten, die ihm stets aufgefallen waren, fielen ihm immer noch auf, nur hatte sich seine Einstellung geändert. Er nahm einzelne Worte und war überempfindlich, wenn sie hübsch sagte oder Mädchen statt Frau; er hielt ihre Ausrufe für übertrieben, die Vergleichsformen: es gab nur enorm und total; oder wie sie Kinder, Kinder stöhnte, wenn eine Arbeit schwer war. Und von allen Worten am wenigsten wußte er mit nett anzufangen, weil es nie hielt, was es versprach; oder versprach nicht einmal, klang leer, eine mißglückte Übersetzung.

Es gab Silben, die er nicht ausstehen konnte, diese Wörtchen etwa, an das Ende eines Satzes gehängt – zur Bekräftigung, oder um eine Unsicherheit zu verbergen. Er wartete darauf und begann, sie zu zählen; er dachte in Zahlen, bis er sonst nichts hörte, und fragte sich: sagt sie es oder sagt sie es nicht? Und mußte lachen, wenn sie es im selben Augenblick wieder gesagt hatte.

Seine Haltung schwankte zwischen Unernst und Abwarten, ob etwas anders würde, vielleicht wie davor; aber wenn er nachdachte, fiel ihm die Vermessenheit auf: was sollte werden? Eine Richtung hatten sie, einen Weg ohne Umkehr, oder es ging einmal zurück – kein Grund zur Hoffnung, weil man bald am selben Punkt war, nur älter, mit weniger Kraft, und kaum Illusionen.

Er schlug sie. Das erste Mal nach einem Abend im Toskana: sie hatten gestritten, und auf dem Heimweg wurde ihm bewußt, wie vergeblich sein Reden war; er konnte sagen, was er wollte, sie ging wortlos neben ihm her, einmal dicht an einer Wand, dann auf der Gehsteigkante. Bei anderen Gelegenheiten hatte er geschwiegen und wußte nicht, warum er jetzt sprach, er sagte: sag etwas, und wenn nichts, wenigstens Idiot; immer wieder diesen Satz – bis er genug hatte und zuschlug.

Der Anfang blieb stets gleich, leicht zu fassen; nur der letzte Augenblick: diese Leere, ob sie davor aufkam oder mit dem Schlag? Georg wußte: von einem Punkt an war nichts aufzuhalten, er konnte nicht anders; nur einmal, als er eine Warnung aussprach, mit dünnen Lippen zischte, er würde ihr weh tun, schien alles getan, die Drohung für die Tat zu stehen. Da hätte er am liebsten ihre Hand genommen.

Es kam vor, daß er innehielt und schaute, als wäre er nicht dabei; ein Beobachter nur, dem nichts entging, die kleinste Änderung nicht. Er sah Kathrin mit Tränen, wie sie lautlos zu weinen begann, den Kopf gesenkt, oder sie heulte los; er mußte immer wieder denken, wie sie, über das Geländer gebeugt, am Innsteg stand und schluchzte, nicht aufhörte – bis er sagte: blöde Kuh.

Mit der Zeit war er ihre Wehrlosigkeit gewohnt, eine Hinnahme, die keinen Zweifel ließ an seiner Schuld. Einmal versuchte er, darüber zu sprechen, er wollte wissen, warum, saß erstaunt da, als sie nur die Achseln hob; aber beim nächsten Mal schlug sie zurück, bis er eine blutige Nase hatte. Das nahm ihm die Angst; daß er nachträglich froh war, wenn sie schrie, wenn sie mit hochrotem Kopf dastand und vor Schreien kaum Luft bekam, oder sie trommelte ihre Fäuste an seine Brust.

Wenn er nachdachte, sah er die wachsende Brutalität, eine Wut – auch in der Sprache; wie er zu schimpfen begann, Kathrin alles nannte. In sein Gesicht trat dann ein fremder Ausdruck. Und manchmal wiederholte er sich, als wäre er drauf und dran, verrückt zu werden. Er schaute sie an; er wollte etwas und wußte nicht, was; hatte Angst vor Verachtung, vor einem Blick, den er kannte, oder wenn sie versuchte, zu lächeln, und ihr Mund zu einer Schnute verkam. Oder sie klagte – so elend, daß es ihm weh tat.

Wenn er sie schlug – meist einmal: eine Bewegung, und er zog die Hand zurück. Da blieb keine Spannung, oder was auch, und er hätte am liebsten sofort alles gutgemacht. Vor einem zweiten Schlag hatte er Angst, als fiele damit eine Schranke, und es gäbe kein Ende. Die paar Mal, wo es geschah, blieb er verstört zurück; er hatte nicht aufgehört – bis zur Erschöpfung, und saß dann da: hielt die Hände ineinander, die Arme auf die Knie gestützt. Und von irgendwo – es schien: aus einem anderen Raum – vernahm er die Stille, ihr Wimmern manchmal; wie sie noch Kraft zu flüstern hatte, Worte, die er kaum verstand. Oder sie sagte nur: du Vieh. Es war ihre Angst, gegen die er nicht ankam, wenn er nähertrat – und sie duckte sich, daß er nicht wußte, was sagen oder tun; er konnte dann nicht anders. Oder wenn er sah, was geschehen war, schien es einerlei, er ließ sich gehen, schlug blindlings.

Wenn er innehielt, ahnte er die Gefahr; wie leicht er etwas tat, wie wenig fehlte: ein Griff, er hatte zugepackt, ihre Gurgel in den Händen und den Kopf mit aller Kraft geschüttelt. Er wußte, daß er dann ein anderer war, weit von sich. Sein Denken schien ihm zu entgleiten, und zurück blieb etwas, das wie von selbst tat, was es tat. Einmal kam er im Stiegenhaus mit ihr zu streiten, er riß sie an den Haaren und hörte das Klopfen erst, als die

Scheibe der Glastür zersprang; im Geklirr das Schreien eines Mannes, er sah, wie er dastand – mit hochrotem Kopf, sah ein Auto am Gehsteig, und der Blinker war an. Ein anderes Mal wollte eine Frau die Polizei rufen, ließ sich nicht beruhigen, lief zeternd hinterher; bis Kathrin sagte: halb so schlimm, es wäre Spaß.

Er verstand dann nie, warum sie ihn in Schutz nahm, warum sie nicht davor seine Hand ergriff und sprach. Es war ein Fehler, daß er meinte, mit ein paar Worten alles regeln zu können – wo er nicht ankam gegen ihr Schweigen. Und seine Sprache schien durch eine andere ersetzbar; bis er verstummte oder neue Wege fand: er wollte nicht mehr sagen, was er zu sagen hatte, nur schreien, sich im Schrei erleichtern.

Es hieß: Grams klagt; nur wußte niemand, wo das Gerücht entstanden war, ob in den Büros oder auf der Straße. In der Zeitschrift begannen sie, Fehler zu suchen, und fanden, es gab bald keine Behauptung mehr, die ohne Widerspruch bestand, die Formulierung schien überspitzt, zu hart, jeder Satz entstellt, sein Ton; und eine Halbwahrheit verkam zur Lüge. Bei einem Treffen lasen sie sich gegenseitig vor und mußten lachen, weil kein Wort, nicht eine Silbe den alten Sinn zu haben schien. Sie saßen im Hinterzimmer der Krone, wandten Blatt für Blatt, damit ihnen nichts entging. Die leeren Flaschen ließen sie auf dem Tisch, eine neben der anderen, und aßen zu Abend – im Gedanken, ausgeliefert zu sein, alles konnte geschehen, und sie hätten keinen Einfluß.

Einmal, eine Zeit davor, war einer der Schröck vor

Gericht gestanden, ein Ereignis, das immer wieder erzählt wurde; man sah ihn als Veteran und nach der Verurteilung wie einen, der mit Augenbinde daherkam, am Krückstock. In der plötzlichen Aufregung wurde er neu bestürmt, als gäbe es etwas zu wissen. Als wäre seine Rolle wichtig gewesen – wie er schweigend dastand und den eigenen Text hörte. Er hielt die Hände an die Hosennaht und nickte, während der Richter las, beim Lesen nicht aufsah: eine harmlose Geschichte, ein Kinderstück, und trotzdem hätte sie den Staat beleidigt, das Heer und einen Hauptmann. Er nahm das Urteil hin, verließ wortlos den Saal, erst draußen fähig, zu reden; er sagte irgend etwas, und was, schien einerlei.

Es gab noch andere Varianten der Geschichte; daß er sich nichts gefallen ließ, hieß es. Er hätte selbst als Kläger auf der Bank gesessen, den Richter angeschaut und den starken Mann gespielt – nicht gespielt: er war es.

Ein Held.

Da blieb nichts zu sagen, und wenn sie sich trafen, sprachen sie gerade deshalb darüber, steckten die eigenen Möglichkeiten ab, und was zu tun wäre. Sie hielten am Straßenrand inne; vor den Cafés, begierig auf Neues, und drinnen wurde das Licht gelöscht. Einmal, an einem Abend, gingen sie gemeinsam in die Stadt, nur Kampl war nicht dabei, sie zogen von einem Lokal ins nächste, tranken überall etwas; und ihr Gespräch, immer das gleiche, verlor seinen Ernst. Da gab es nichts, was vor ihrem Lachen bestand, sie brauchten nur Grams sagen, oder einer ahmte ihn nach, hielt eine Hand an den Mund und sprach durch die Finger. Seine Stirn verschob er in Falten, wie jemand, der nachdenkt, woanders zu sein scheint, und gab dann Auszüge aus Reden zum besten. Sie amüsierten sich, auch über das Wort, weil einmal: da hatte Kathrin das »ie« mit dem »ü« vertauscht; ohne Absicht – und ihr häßlicher Mund, als sie es sagte.

X

Ich schlief schlecht, lag wach und wußte nicht, was tun, zum Lesen zu müde, und Denken half nicht. Im Fenster sah ich den Nachthimmel schwarz, ein Ausschnitt wie ohne Tiefe. Ich war auf mich gestellt, alles hing an mir; es hängt an dir, sagte ich laut – und hätte nichts Schöneres zu sagen gewußt. Dann nichts; ich lag stundenlang da, hörte den Wecker, und in einer Nacht stand ich auf, legte ihn zwischen zwei dicke Pullover: ohne Netz, unkontrolliert, ging die Zeit in großen Stücken dahin. Erst am Morgen, wenn in der Straße Autos anfuhren, schlief ich, es war ein traumloser Schlaf – da blieb nur im Mund ein Geschmack; ich tastete mit der Zunge danach und wußte: Knoblauch, fast nicht zu schmecken, von einer feinen Schicht überdeckt.

Ein Morgen mit Kathrin.

Ich spürte im Schlaf, wie sie näherkam, ein Bein auf meinen Bauch legte, einen Arm ließ sie an meinem Hals. Ihr Atem strich mir über die Wange, ich hörte ihn dicht am Ohr, wie sie sich zu bewegen begann, fast unmerklich vor und zurück.

Wenn ich aufstand, ging ich aus dem Haus, die Straße hinauf in ein Café, wo ich Zeitungen las. Es war meistens noch leer, die Kellnerin saß irgendwo, blätterte in einer Zeitschrift – und trat beflissen hinter die Theke, wenn ich kam. Im Haar trug sie ein Band, das lose herunterhing, und einmal hielt es einen Pferdeschwanz.

Meine Arbeit war fast fertig; ein ansehnlicher Stapel, den ich in der Hand wog. Da blieb wenig zu tun, nichts, das es wert wäre, bis in die Nacht, überhaupt Gedanken daran zu setzen. An einem Nachmittag kaufte ich einen Umschlag, ich ließ ihn unbeschriftet, steckte die Blätter hinein und trug sie lange mit mir herum.

Wieder wurden es Tage, daß ich mit keinem gesprochen hatte, nichts gesagt, die paar Worte für die täglichen Besorgungen, oder einmal im Selbstgespräch etwas, auf einer Brücke, unter der die Eisenbahn fuhr. Ich sah die beleuchteten Fenster und hörte mich schreien, ich schrie Durchhalteparolen, mußte lachen; als das Geräusch, das Donnern und Quietschen vorbei war. Die Leute, die ich auf den Straßen traf, wirkten besonnen, und nicht einmal die paar, die von Berufs wegen sprachen, sprachen mich an. Ich brauchte keine Angst zu haben, daß einer etwas sagte, aus Höflichkeit oder weil er dazu angehalten war.

Es schien wie jedes Jahr befreiend, als die Badesaison begann; wo ich mir um Jahre jünger vorkam. Und schon die Vorstellung genügte, ich war nie dabei; wie Leute in die Schwimmbäder drängten, nach Lans, nach Natters, und der Parkplatz am Baggersee mußte voll sein. In der Altstadt traten Straßenmusiker auf, die Tische im Freien, vor den Laubengängen, waren bis in die Nacht belegt, und nach der Sperrstunde zogen Gruppen herum, saßen am Domplatz, auf der Treppe zum Dom.

Ich wußte, daß an einem Tag der Prozeß war, und ging nicht hin. Es schien zu lange zurück, die Zeitschrift nicht wirklich. Als wäre mit ihr auch sonst alles weg; Erinnerung, ein paar Gedanken – was blieb, war nicht greifbar.

Kathrin.

Von Zeit zu Zeit sah ich sie, immer das gleiche Bild: sie saß nach einem Fest im Bad, hatte die Wanne randvoll; ihr Körper war eingetaucht, der Kopf, das Haar hochgesteckt, ragte hervor. Ich sah, wie sie Wasser abließ, wie sie nackt dalag; und plötzlich: ich hatte den Duschhahn in der Hand und brauste sie ab, daß sie schrie, vor Kälte zu schreien begann. Und erst wie sie aufsprang, kaum stand, im rutschigen Becken hinfiel, wie sie hart auf den Beckenrand schlug: erst da ließ ich sie.

Es kamen Tage, an denen ich spät aus dem Haus ging. Ich fuhr mit dem Bus aufs Land und lief ziellos umher, zwischen Äckern, die Bahnlinie entlang, oder ich war an den Inn geraten, drang dort ein Stück vor. Wenn ich umkehrte, wurde es manchmal schon dunkel, und zurück in die Stadt hielt ich Autos an.

Dann: der Vater war in der Klinik.

Als ich hinging – im Gehen begann ich zwanghaft zu lesen. Ich las Schilder, über Geschäftseingängen die Namen, und was verkauft wurde, in Auslagen lag bunt hingelegt Zeug, war beschriftet; oder die Nummern der vorbeifahrenden Autos. Ich las und prägte mir alles ein.

In der Klinik stieg ich die Treppe hoch, ein breites Treppenhaus, schritt über Plastik, an Leuten in weißen Kitteln vorbei. Ich wußte nicht, woran ich erinnert war; an Sonntag, etwas unangenehm Festliches; oder Verwechslungen, als ich meinen Namen las, am Türschild, dort stand der des Vaters, und zum ersten Mal der Gedanke: gegen den Tod hat er mich nach sich genannt.

Ich besuchte ihn täglich, brachte ihm Zeitungen, saß

eine Weile am Bettrand, am Fußende; erstaunt, wenn ich sprach. Er hörte mit geschlossenen Augen zu, hielt die Hände reglos, über der Decke gefaltet, wie einer, der an anderes denkt. Tief in das Kissen gedrückt, wirkte sein Kopf klein, der Mund eingefallen, nur die Nase trat kräftig hervor.

Wenn er schlief, zog ich die Tür hinter mir zu, schaute zurück, über das Bett auf das Nachtkästchen, wo ein Glas stand, Bücher lagen da, Kleinkram; und am Boden die Hausschuhe, ich hielt gerührt inne. Dann sah ich mich. Wie ich über den Parkplatz kam; er stand auf dem Balkon und winkte: einmal hatte er den Arm gehoben, vor seinem Kopf hin und her bewegt. Und ich sprang in die Luft, ging rückwärts oder x-beinig, ich lief zwei Schritte vor, einen zurück, drehte mich, bis mir schwindlig war. Und sah hinauf.

Die Tage darauf blieb ich zu Hause. Ich ging wieder im Zimmer auf und ab, saß am Bettrand. Ich hielt am Regal inne und strich über die Buchrücken, unruhig, weil ich nicht las; weil ich augenblicklich an anderes dachte, wenn ich zu lesen begann, und manchmal spürte ich Widerwillen. Ich legte mich mit den Kopfhörern aufs Bett und hörte zum ersten Mal seit langem Musik, immer dieselbe Stelle, die ich auswendig kannte: darin war ich getragen; woanders, wenn ich das Band zurücklaufen, vorn anfangen ließ.

Er hatte Frauen als berechnend empfunden, in alten Rollen, und wenn sie noch so sehr dagegen anschrien: ein Geschrei, das er abtat. Er sah ihnen zu, wie sie scheinbar neue Gedanken dachten, um doch zu enden, wo Generationen davor geendet hatten; in bequemer Resigniertheit, von der aus nichts zu fürchten und nichts zu hoffen war. Wofür sie stritten, schien symbolisch, nichts Greifbares; wenn es um Sprache ging und eine ausgesackte Latzhose oder Räucherstäbchenzauber für eine Haltung stand. Zu oft sah es aus, als wollten sie Narrenfreiheit nutzen, einen Ausflug, bevor das Leben begann, und ihre Hoffnungen waren keine, waren Mädchenträume, über die sie später lachten; vielleicht daß eine innehielt und dachte, es könnte etwas dran sein. Er hörte sie gegen Gott und die Welt schimpfen, gegen alles; ihre Parolen, wenn sie auf Grundrechte pochten; oder sie tauschten Erfahrungen aus. Und wußten sich doch nicht zu wehren: er sah sie mit kurzsichtigen Lehrern verheiratet, unglücklich vor Glück – daß sie nichts als Unrecht empfanden; und wenn sie früher die Beine breitgemacht hatten, taten sie umso verschlossener. Andere: ihr halbes Leben vertan; dann sprangen sie auf und blieben tragisch.

Es war eine Frage der Stärke, ob er mit einer Frau auskam. Am Anfang nahm er alles als gut, es gab kaum eine Eigenheit, die ihn abstieß. Er ging auf das wenigste ein; unbeirrt – daß Abneigung oder Zuneigung an seinem Zustand hing, als wäre es einerlei, wer vor ihm stand. Er schien sich zu wehren, schob Entscheidungen auf, bis sie von selbst fielen; er hielt an sich – aber nicht wirklich. In seiner Sprache hatte er gelernt, nichts preiszugeben, und sooft er etwas sagte, nahm er es im nächsten Halbsatz zurück. Manchmal sah das wie unkontrolliertes Vorpreschen aus, und wenn er innehielt, dauerte es, bis er zu

Atem kam. Vielleicht war es Ahnung, die ihn verstörte, das Wissen um den gleichbleibenden Ablauf: etwas fing an – und was nicht; aber dann saß er auf der Straße, saß da und wußte kaum, was passiert war.

Es schien ohne Sinn, sich Gedanken zu machen – mit dem Vorsatz, beim nächsten Mal ginge es gut; ein Irrtum war eingeplant: eine Frau wahrnehmen zu müssen. Er konnte nicht sagen: da oder da, es reicht, die Augen schließen, nicht hinschauen. Wenn er sich einließ, hieß das mehr, immer mehr. Und gleichzeitig wuchs seine Angst, er konnte nicht sagen, wovor, wenn es ihm gutging, wenn er auskam mit einer; und sonst war sie nicht da, wie aufgezehrt – im Streit. Wunschloses Glück, sagte er später; daß etwas vielleicht alles wäre, das war es.

Er nannte es Angst vor dem Ende.

Dazu dieses schiefe Verhältnis: was gut schien, wenn er eine Frau nicht kannte, schien schlecht – wenn er sie kennengelernt hatte. Von einem Punkt an konnte er nichts ausstehen, alles war Wiederholung, ein Tick, dachte er manchmal, selbst von einer notwendigen Lebensäußerung. Er nahm dann die kleinste Regung als ungute Eigenheit wahr, und das einzig bleibende Gefühl war Scham: wenn er mit ihr unter Leute kam.

Es dauerte nie lange, bis er zu sprechen begann, über sein Unbehagen, aber mit Worten ging es nicht weg. Er hielt der Frau vor, daß sie ihn bedrängte; daß ihm weh tat, wie sie sich gab – und gleichzeitig schien es einerlei. Es kam vor, daß er sie in Gesellschaft beiseite zog, zurechtwies; er kniff ihr in den Arm, schaute sie an – daß sie nicht wußte, warum, oder sie wußte es und schwieg, senkte demütig den Blick. Aus einer Unsicherheit bezog er alles auf sich, vergaß, daß sie da war, wenn er für sie sprach, wenn er zuvorkommen wollte, aus Angst, sie würde ihn bloßstellen. Er nahm ihr den kleinsten Handgriff ab, sobald jemand zusah, stellte sich vor sie, und einmal, auf einer Veranstaltung, verbat er einer das Wort.

Es war eine Frage der Zeit. Entweder die Frau lief davon; oder wenn sie blieb, schien es nicht anders zu gehen: er mußte auf ihr herumhacken, bis sie zerbrach, erst dann warf er sie weg. Nur manchmal, wenn eine auf Knien nicht nachgab oder so schwach war, daß sie ihm leid tat, lenkte er ein: er nahm sie in den Arm, und alles schien gut.

Es war eine andere Zeit. Er ging nicht ins Institut, hatte aufgehört mit dem Kaffeetrinken, sein Studium beendet. Es fiel ihm nicht schwer, weil sich wenig änderte; nur wußte er jetzt nicht, wie sagen, wenn jemand fragte, was er tat. Vor der Uni sprang er die Treppe in einem Satz hinunter, er lief ein Stück die Straße hinauf, ließ die Arme schlenkernd hängen – als müßte er beweisen, wie gut es ihm ging. Er balancierte, immer im Gleichgewicht, auf dem Gehsteigrand; dachte, daß man einmal zu alt war.

In den Tagen darauf schloß er sich ab. Er teilte den Schreck der anderen nicht, als der Prozeßtermin festlag; hörte sie klagen, es wäre das Ende, und hatte nichts übrig dafür. Bei einem Besuch zeigte ihm Ewald die Stapel alter Nummern; im Keller, auf dem Dachboden standen sie meterhoch: Papier, das mit der Zeit braun wurde, zerfiel. Es schien wie ein Zeichen, daß auf den obersten Blättern eine Staubschicht lag; darunter nicht mehr zu lesen, was einmal wichtig war.

An einem Tag sah er die beiden Schröck in der Zeitung, ein Photo, das sie hinter der Schreibmaschine zeigt, und in drei Spalten stand ein geschmackloser Bericht über die Zeitschrift, über Grams. Er klebte die Seite an eine Wand, hielt manchmal davor inne, ging eine Weile nur grinsend vorbei. Auf dem zweiten Photo, wenige Tage später, auch Ewald, sein verlegenes Lachen zwischen den Bartgesichtern, die drei Freunde, hieß es darunter. Und Georg dachte: ob ihnen der Auflauf gefiel; ob es das war, was sie wollten?

Ein Treffen in dieser Zeit blieb das letzte. Sie saßen im Hinterzimmer der Krone und sprachen, wenn es um die Zeitschrift ging, wie über etwas Vergangenes, erzählten Anekdoten. Von ihrem Einsatz schien nichts geblieben, von Ideen; manchmal waren sie nahe, sich loszusagen, alles als Kinderei abzutun, als Jugendsünde. In ihr Gesicht trat dann ein Ausdruck, der entschieden sein sollte, trat Erleichterung; und nur wenn einer ein falsches Wort fallen ließ, schraken sie zusammen. Es schien, als könnte niemand das Ende erwarten, als hätten sie gewußt, wie es kam, und waren froh, daß man ihnen die Entscheidung abnahm.

Später, sooft er einen auf der Straße sah, hatte Georg den Eindruck, sie wichen ihm aus, sie wandten den Blick ab und taten, als bemerkten sie ihn nicht; daß er selbst lernte, wegzuschauen, nur innehielt, wenn es nicht anders ging. Von der alten Verbindung blieb wenig, der Vor- oder Nachteil, in einer kleinen Stadt zu wohnen, ihre Möglichkeiten – in den paar Cafés, auf den Straßen, die man auf und ab geht. Was Bestand hatte, waren Erzählungen, waren Gerüchte – und nicht einmal die; weil

Georg nicht zuhörte, wenn einer von Kampl sprach, von Ewald oder den beiden Schröck.

Er hatte es nie geschafft, einfach zu gehen, zu sagen, es habe keinen Sinn, oder wortlos den Streitereien, dem Schweigen ein Ende zu setzen. Es schien, als wäre er nicht fähig, zu entscheiden, wenn er sich versteckte, wenn er nicht zugab, daß er zurückwich, versprach, es bliebe alles, wie es war. Er hielt an sich, weil er wußte: was auch, er würde bereuen, vor Reue vergehen und noch Wochen danach in der Erinnerung suchen, warum es gekommen war, wie es kam; er würde eine Geschichte erfinden, eine Kette, wo ein Glied das nächste erklärt, erstaunt, wenn das Ende sich nicht an den Anfang schloß.

Im Spätherbst waren es wenige Tage, wo er Kathrin sah. Einmal ging er mit ihr in Amras spazieren, ein anderes Mal: er hatte sie in der Stadt getroffen, und sie saßen den ganzen Nachmittag im Café, auf Polsterstühlen, tranken Schokolade mit Rum, während draußen Leute gingen. Es war das letzte Mal, daß er sie an der Hand nahm und flüsterte.

An einem Wochenende räumte er seine Sachen aus ihrer Wohnung: Kleidung, Bücher, die noch herumlagen; Kleinkram, den er hier und dort fand. Er sagte nichts, packte die Tasche und war dankbar, daß Kathrin wußte oder nicht wissen wollte, warum. Als er aus dem Haus trat, schneite es, nasse Flocken, die breit auf der Straße lagen, ehe sie schmolzen; daß er wehmütig an all die Pläne dachte: er hatte dies und das geredet, oft nicht aufhören können, wenn sie irgendwo saßen, sich ausmalten, was sie tun würden, morgen, am Tag darauf – und was erst, wenn Schnee fiel.

Es kam eine Zeit, an die er später gern dachte: an Tage, die er verstreichen ließ, als wären es nicht seine; und wieder schien alles neu, wenn er in die Stadt ging oder in der kalten Luft hinausfuhr, ohne Ziel. Da wurde ihm leicht, er hätte am liebsten geschrien, wenn er die Augen schloß oder im Osten, zwischen den Dörfern, die sanft ansteigenden Hänge sah, Wiesen – mit ihrem braunen Herbstgras. Er mochte die Vorstellung, daß er allein war: niemand mehr da, der zusah, sein Leben bezeugte; daß ihm schien, es sei nicht wirklich. Wenn er aus dem Fenster schaute, wußte er, wie wenig ihm an den Leuten lag, der Menge, die bei Rotlicht an der Kreuzung hielt; einen Augenblick später: von seinem Platz sah es aus, als ginge sie im Gleichschritt.

Die Verbindung zu Kathrin riß ab. Er hörte von ihr, über Bekannte, die glaubten, ihm einen Dienst zu tun – oder sie wollten anklagen, wenn sie sagten, es ginge ihr schlecht, sie sei krank, bliebe tagelang außer Haus. Er hörte nicht zu, wenn einer sprach, hob wortlos die Achseln oder tat, als wäre ihm alles bekannt. Erst in der Erinnerung, erst da hatten die Worte Bedeutung: wenn er allein war und nicht wußte, was von anderen kam und was von ihm selbst; wenn er sich fragte, ob er schuld sei.

XI

Allmählich der Entschluß, zu gehen. Kaum hier, bin ich zu lange da, in der Stadt, in dieser Straße, wo keiner hinkommt, der nicht hinmuß, kein Tourist, kein Spaziergänger, wenn er sich nicht verirrt, auf seinem Weg zwischen den Häusern im Zentrum. Vorkehrungen sind kaum zu treffen, das wenige ist getan, daß der kleinste Anstoß genügt, oder ich breche einfach auf. Im Zimmer weiß ich die Koffer, zwei aufgeklappte Ungetüme, deren kariertes Futter an manchen Stellen vorschaut, unterm Packpapier, mit dem sie ausgeschlagen sind. Um sie herum liegt Wäsche, die Schuhe stehen ein Paar neben dem anderen; an der Tür zwei Schachteln, randvoll mit Büchern und Zeug. Das Regal an der Wand ist leer, Staub auf den rauhfasrigen Brettern, in den Höhlungen der Ziegelsteine. Daneben: der Kasten steht offen, Kleiderbügel hängen drin, in den ausgeräumten Fächern liegt je ein Blatt einer Zeitung. Fast scheint es, als nähme ich das Zimmer zum ersten Mal wahr; das heißt, in irgendeiner Reihe aufgezählt, den Teppich, in der Mitte die abgelaufene Spur; das Bett, ein Bein steht auf dem ausgefransten Rand; den Tisch, den Stuhl; das Waschbecken, sein dürftiges Rinnsal. Die Dusche, in der Abstellkammer auf dem Gang, ist fertig, blaue Fliesen, man steht wie eingeklemmt darin, schaut, wie das Wasser über die Brust, den Bauch, über die Beine rinnt.

Draußen, in der Straße, ändert sich nichts. Am Abend

sind die Parkplätze voll, ein Auto neben dem anderen, und jedes scheint seinen Fleck zu haben, steht, wo es immer gestanden ist. Tagsüber spielen Kinder auf dem Gehsteig, ohne Aufsicht, aber manchmal tritt aus dem Dunkel eines Zimmers eine Gestalt an eines der offenen Fenster im Parterre, lehnt sich hinaus, eine Frau, die die Straße hinauf- und hinunterschaut. Abseits steht ein Müllcontainer, der fast überquillt, Schachteln ragen vor, ein paar schmale Bretter, die kreuz und quer, mit wild gezackten Bruchstellen, aus dem Inneren kommen.

Mehrmals am Tag scheint ein Gewitter aufzuziehen, eine Zeitlang alles stillzustehen, man hört ein Grollen, irgendwo, aber der Regen bleibt aus. Es ist, als wäre stundenlang Mittag, bis das Licht vergeht, von dem man nicht weiß, woher. In den Straßen liegt reglos die Luft, trägt den Geruch nicht hinaus, nach Abgas und Menschen, und am Fenster, in unsicherer Hoffnung worauf, bleibt einem der Atem stecken.

Für lange Zeit ist im Haus Stille das einzige Geräusch. Oder Schritte sind von der Treppe zu hören, eine Tür wird aufgesperrt und fällt ins Schloß. Irgendwo läuft ein Bad ein, das Rohrpfeifen, der Aufschlag von Wasser auf Wasser in der Ferne. Aus dem Nebenzimmer kommt manchmal ein Laut: Geächz, ein Gestöhn.

Dann sitze ich da, halte meine Hände an die Schläfen, die Knöchel und drücke zu, daß es weh tut. Oder den Kopf aufgestützt, spüre ich in den Fingern den Puls, horche ihm nach und beginne zu zählen, weiß: bei sechzig ist die Minute voll, ein Schreck, und ich lache. Nichts scheint zu geschehen, nicht wirklich, meine Gedanken, die über vieles wie in Eile hinwegstreichen, manchmal stehen: ein Dia, eine Zeitlang, dann gibt es den Blick frei. Was bleibt, sind Einzelheiten, Splitter, nicht zusammensetzbar. Oder zusammengesetzt eine eigene Welt. Zum Beispiel: ich sehe eine Frau, die sich hinkniet, meine Hand nimmt, jeden Finger einzeln, und spricht. Ich höre, was sie sagt; und ihr Blick dabei, daß ich alles mögliche denke und erst im nächsten Augenblick weiß, was für ein Narr ich bin. Dann wieder die Kurve einer Nase; ich erinnere mich: einmal, als ich bewußt hinsah, augenblicklich an eine wunderschön einfache Gleichung dachte – und meine Finger, wie sie den Bogen hinauf- und heruntergleiten, wie sie wieder und wieder dasselbe und wieder viel Neues entdecken, wenn ich sie lasse. Oder. Ein anderes Bild: auf einer Schotterstraße fährt ein Traktor, am Steuer eine, die mich im Näherkommen anschaut, ihr Blick auf Bewunderung aus, auch wie sie dem Hund befiehlt; und diese Hüften, in die ich später voll Ekel greife.

Was ich denke, ist beliebig.

Ich bleibe für mich, gehe nur manchmal hinaus auf die Straße, über den Südring, zum Heldendenkmal oder zur Sprungschanze, wo ich die Stufen der Tribüne ersteige, der Blick hinunter auf das grüne Oval, oder ich stehe plötzlich in einer Gruppe Touristen, die mit oh und ah, knips und klick über die glänzenden Dächer auf die Nordkette schaut. Drunten, in der warmen Luft, spürt man den Sommer, eine Welt: ihre großen Augen – daß man innehält oder zurücktritt vom Geländer, einverstanden mit sich und dem, was ist. Wenn ich hinuntersteige, lasse ich mir Zeit – durch den Wald, wo alles aufgeht, der Boden leicht und trocken ist und manchmal unter meinen Schuhen bricht. An der Ausfallstraße sehe ich lange hinter den Autos her, dem nie abreißenden Strom Richtung Süden oder, von dort kommend, in die Stadt, den Kolonnen von Pendlern, Ausflüglern, ganzen Familien, die zum Einkaufen über die Grenze fahren und abends müde, vom Zoll geschröpft und zerstritten zurück. Manchmal bleibe ich draußen, streiche unentschlossen umher oder gehe auf kürzestem Weg: in die Stadtmitte, gerade vor Geschäftsschluß, wenn die Leute sich auf den Gehsteigen, in den Straßenbahnen drängen – und wieder Leben, bevor es in den Wohnzimmern, vor den Fernsehern erlischt.

Ich lasse wenig zurück. Im Gang die Rodel, einmal hingestellt, steht sie immer noch da, die Gurten vom Sitz sind nur in einer Richtung vorhanden, die Kufen angerostet. Die Leine scheint unverändert, in alten Windungen, auf dem Teppich zu liegen. An der Wand, über dem Telephon, hängt der Zettel mit den Nummern, die ich nicht mehr brauche. Im Zimmer bleibt: unter dem Bett zerknülltes Papier; leere Blätter auf dem Fensterbrett, wo sich Staub ablagert, von einem Tag auf den anderen. Dazu der Stadtplan, an den Kasten geklebt, mit brüchigen Rändern, in den Knickstellen sind die Schriftzüge nicht oder nur schwer zu lesen. Da und dort liegt etwas: eine Zahnpastatube, Zeitungspapier, ein Becher.

Deutschsprachige Literatur in der edition suhrkamp: Lyrik

Jürgen Becker: Ränder. es 351
Bertolt Brecht: Ausgewählte Gedichte. Auswahl von Siegfried Unseld. Nachwort von Walter Jens. es 86
– Buckower Elegien. Mit Kommentaren von Jan Knopf. es 1397
– Gedichte und Lieder aus Stücken. es 9
– Gesammelte Gedichte. Bd. 1-4. 4 Bde. in Kassette. Herausgegeben vom Suhrkamp Verlag in Zusammenarbeit mit Elisabeth Hauptmann. es 835-838
Hans Georg Bulla: Weitergehen. Gedichte. es 1002
Michael Buselmeier: Radfahrt gegen Ende des Winters. Gedichte. es 1148
Paul Celan: Ausgewählte Gedichte. Zwei Reden. Nachwort von Beda Allemann. es 262
Günter Eich: Botschaften des Regens. Gedichte. es 48
Hans Magnus Enzensberger: Blindenschrift. es 217
– Die Furie des Verschwindens. Gedichte. es 1066
– Landessprache. Gedichte. es 304
Walter Gröner: Ein rasend hingehauchtes Herbsteslicht. Bergeller Gedichte – Puisiá. es 1371
Durs Grünbein: Grauzone morgens. Gedichte. es 1507
Peter Handke: Die Innenwelt der Außenwelt der Innenwelt. es 307
Lioba Happel: Grüne Nachmittage. Gedichte. es 1570
Thomas Kling: geschmacksverstärker. Gedichte. es 1523
Uwe Kolbe: Abschiede und andere Liebesgedichte. es 1178
– Bornholm II. Gedichte. es 1402
– Hineingeboren. Gedichte 1975-1979. Mit einer Nachbemerkung von Franz Fühmann. es 1110
Karl Krolow: Ausgewählte Gedichte. Nachwort von Hugo Friedrich. es 24
– Landschaften für mich. Neue Gedichte. es 146
– Schattengefecht. es 78
Dieter Leisegang: Lauter letzte Worte. Gedichte und Miniaturen. Herausgegeben von Karl Corino. es 1021
Meret Oppenheim: Husch, husch, der schönste Vokal entleert sich. Gedichte, Zeichnungen. Herausgegeben und mit einem Nachwort versehen von Christiane Meyer-Thoss. es 1232
Robert Schindel: Geier sind pünktliche Tiere. Gedichte. es 1429
– Im Herzen die Krätze. Gedichte. es 1511
– Ohneland. Gedichte vom Holz der Paradeiserträume 1979-1984. es 1372

302/1/4.89

Deutschsprachige Literatur in der edition suhrkamp: Lyrik

Werner Söllner: Kopfland. Passagen. Gedichte. es 1504
Sabine Techel: Es kündigt sich an. Gedichte. es 1370
Hans- Ulrich Treichel: Liebe Not. Gedichte. es 1373
Ernest Wichner: Steinsuppe. Gedichte. es 1493

302/2/4.89

Deutschsprachige Literatur in der edition suhrkamp: Prosa

Eva-Maria Alves: Maanja. Meine Freundin, meine Mutter, meine Puppe. Eine Anrufung. Zeichnungen: Alexandra Albrand. es 1159
– Neigung zum Fluß. Mit 16 Fotos von Christiane P. Scharlau. es 1083
Renato P. Arlati: Auf der Reise nach Rom. Prosa. Auswahl und Nachwort von Franz Böni. es 1053
Reinhold Batberger: Drei Elephanten. es 1459
Martin Roda Becher: Unruhe unter den Fahrgästen. ›Aufzeichnungen‹. es 1352
Jürgen Becker: Umgebungen. es 722
Thomas Bernhard: Prosa. es 213
– Ungenach. Erzählung. es 279
Franz Böni: Alvier. Erzählungen. Mit einem Nachwort von Samuel Moser. es 1146
– Hospiz. Erzählung. es 1004
– Der Johanniterlauf. Fragment. es 1198
Nicolaus Bornhorn: Der Film der Wirklichkeit. es 1154
Volker Braun: Berichte von Hinze und Kunze. es 1169
– Es genügt nicht die einfache Wahrheit. Notate. es 799
Bertolt Brecht: Die Geschäfte des Herrn Julius Caesar. Romanfragment. es 332
– Prosa. Bd. 1-4. es 182-185
– Der Tui-Roman. Fragment. es 603
Hans Christoph Buch: Der Herbst des großen Kommunikators. Amerikanisches Journal. es 1344
Michael Buselmeier: Der Untergang von Heidelberg. es 1057
Esther Dischereit: Joëmis Tisch. Eine jüdische Geschichte. es 1492
Hans Magnus Enzensberger: Das Verhör von Habana. es 553
– Der Weg ins Freie. Fünf Lebensläufe überliefert von Hans Magnus Enzensberger. es 759
Gerold Foidl: Scheinbare Nähe. es 1237
Max Frisch: Ausgewählte Prosa. Nachwort von Joachim Kaiser. es 36
Werner Fritsch: Steinbruch. es 1554
Peter Greiner: Wie Bombenleger-Charly leben ... Sozialverhalten. Geschichten und Szenen. es 1356
Norbert Gstrein: Einer. Erzählung. es 1483
Reto Hänny: Ruch. Ein Bericht. es 1295
– Zürich, Anfang September. es 1079
Peter Handke: Phantasien der Wiederholung. es 1168
Hermann Hesse: Tractat vom Steppenwolf. Nachwort von Beda Allemann. es 84

300/1/4.89

Deutschsprachige Literatur
in der edition suhrkamp:
Prosa

Ulrich Holbein: Samthase und Odradek. es 1575
Uwe Johnson: Jahrestage. Aus dem Leben von Gesine Cresspahl. 4 Bde. im Schuber. es 1500
– Karsch, und andere Prosa. Nachwort von Walter Maria Guggenheimer. es 59
– Porträts und Erinnerungen. Herausgegeben von Eberhard Fahlke. es 1499
– Versuch, einen Vater zu finden. Marthas Ferien. Tonkassette mit Textheft. Mit einem editorischen Bericht von Norbert Mecklenburg. es 1416
Bodo Kirchhoff: Body-Building. Erzählung, Schauspiel, Essay. es 1005
Bettina Klix: Sehen Sprechen Gehen. Prosa. es 1566
Alexander Kluge: Gelegenheitsarbeit einer Sklavin. Zur realistischen Methode. es 733
– Lernprozesse mit tödlichem Ausgang. es 665
– Neue Geschichten. Hefte 1-18. ›Unheimlichkeit der Zeit‹. es 819
– Schlachtbeschreibung. Roman. es 1193
Werner Koch: Intensivstation. Erzählung. es 1173
Wolfgang Koeppen: Morgenrot. Anfänge eines Romans. es 1454
Franz Xaver Kroetz: Frühe Prosa / Frühe Stücke. es 1172
Dieter Kühn: Ausflüge im Fesselballon. Roman. Neufassung. es 656
Jürg Laederach: Vor Schrecken starr. Fixierungen, Stechblicke, Obsessionen. es 1503
– Der zweite Sinn oder Unsentimentale Reise durch ein Feld Literatur. es 1455
Jean Lessenich: »Nun bin ich die niemals müde junge Hirschfrau oder der Ajilie-Mann«. es 1308
Gertrud Leutenegger: Das verlorene Monument. es 1315
Uwe Maeffert: Bruchstellen. Eine Prozeßgeschichte. es 1387
Gert Mattenklott: Blindgänger. Physiognomische Essays. es 1343
Frank-Wolf Matthies: Tagebuch Fortunes. es 1311
Friederike Mayröcker: Magische Blätter. es 1202
– Magische Blätter II. es 1421
Bodo Morshäuser: Revolver. Vier Erzählungen. es 1465
Hans Erich Nossack: Pseudoautobiographische Glossen. es 445
Erika Runge: Frauen. Versuche zur Emanzipation. es 359
Einar Schleef: Die Bande. Erzählungen. es 1127
Peter Schwacke: Carte blanche. Erzählungen. es 1164
Split: Apfelsinen im Hals. Geschichten. es 1558
Karin Struck: Kindheits Ende. Journal einer Krise. es 1123

300/2/4.89

Deutschsprachige Literatur in der edition suhrkamp: Prosa

Karin Struck: Klassenliebe. Roman. es 629
Thank You Good Night. Herausgegeben von Bodo Morshäuser. Alle Fotos: Michael Strauss. es 1227
Joachim Veil: Die Wiederkehr des Bumerangs. es 1137
Walter Vogl: Hassler. Frequenzritte eines Straßenkehrers. es 1182
Von nun an. Neue deutsche Erzähler. Herausgegeben von Hans-Ulrich Müller-Schwefe. es 1003
Martin Walser: Eiche und Angora. Eine deutsche Chronik. es 16
– Geständnis auf Raten. es 1374
– Lügengeschichten. es 81
Peter Weiss: Abschied von den Eltern. Erzählung. es 85
– Die Ästhetik des Widerstands. Roman. es 1501
– Fluchtpunkt. Roman. es 125
– Das Gespräch der drei Gehenden. es 7
– Notizbücher 1960-1971. 2 Bde. es 1135
– Notizbücher 1971-1980. 2 Bde. es 1067
– Der Schatten des Körpers des Kutschers. es 53
Sinclair (P. Weiss): Der Fremde. Erzählung. es 1007
Josef Winkler: Die Verschleppung. Njetotschka Iljaschenko erzählt ihre russische Kindheit. es 1177

300/3/4.89

Deutschsprachige Literatur
in der edition suhrkamp:
Drama

Thomas Bernhard: Der deutsche Mittagstisch. Dramolette. Mit zahlreichen Abbildungen. es 1480

Thomas Brasch: Drei Stücke. Lovely Rita. Rotter. Lieber Georg. es 1562

– Frauen – Krieg – Lustspiel. Ein Stück. es 1469

Volker Braun: Gesammelte Stücke. 2 Bde. es 1478

Bertolt Brecht: Der aufhaltsame Aufstieg des Arturo Ui. es 144

– Aufstieg und Fall der Stadt Mahagonny. Oper. es 21

– Baal. Drei Fassungen. Kritisch ediert und kommentiert von Dieter Schmidt. es 170

– Baal. Der böse Baal der asoziale. Texte, Varianten, Materialien. Kritisch ediert und kommentiert von Dieter Schmidt. es 248

– Das Badener Lehrstück vom Einverständnis. Die Rundköpfe und die Spitzköpfe. Die Ausnahme und die Regel. Drei Lehrstücke. es 817

– ›Biberpelz‹ und ›Roter Hahn‹. Zwei Stücke von Gerhart Hauptmann in der Bearbeitung des Berliner Ensembles. es 634

– Der Brotladen. Ein Stückfragment. Bühnenfassung und Texte aus dem Fragment. es 339

– Die Dreigroschenoper. es 229

– Einakter und Fragmente. es 449

– Furcht und Elend des Dritten Reiches. es 392

– Die Gesichte der Simone Machard. es 369

– Die Gewehre der Frau Carrar. es 219

– Der gute Mensch von Sezuan. Parabelstück. es 73

– Die heilige Johanna der Schlachthöfe. es 113

– Herr Puntila und sein Knecht Matti. Volksstück. es 105

– Im Dickicht der Städte. Erstfassung und Materialien. Ediert und kommentiert von Gisela E. Bahr. es 246

– Der Jasager und Der Neinsager. Vorlagen, Fassungen, Materialien. Herausgegeben und mit einem Nachwort versehen von Peter Szondi. es 171

– Der kaukasische Kreidekreis. es 31

– Leben des Galilei. Schauspiel. es 1

– Leben Eduards des Zweiten von England. Vorlage, Texte und Materialien. Ediert von Reinhold Grimm. es 245

– Mann ist Mann. Die Verwandlung des Packers Galy Gay in den Militärbaracken von Kilkoa im Jahre neunzehnhundertfünfundzwanzig. Lustspiel. es 259

– Die Maßnahme. Kritische Ausgabe mit einer Spielanleitung von Reiner Steinweg. es 415

301/1/4.89

Deutschsprachige Literatur in der edition suhrkamp: Drama

Bertolt Brecht: Die Mutter. es 200
- Mutter Courage und ihre Kinder. Eine Chronik aus dem Dreißigjährigen Krieg. Geschrieben 1938/39. Mitarbeit: Margarete Steffin. Musik: Paul Dessau. es 49
- Der Ozeanflug. Die Horatier und die Kuratier. Die Maßnahme. es 222
- ›Die Rundköpfe und die Spitzköpfe‹. Bühnenfassung, Einzelszenen, Varianten. Herausgegeben von Gisela E. Bahr. es 605
- Schweyk im zweiten Weltkrieg. es 132
- Stücke. Bearbeitungen. Bd. 1. es 788
- Stücke. Bearbeitungen. Bd. 2. es 789
- Die Tage der Commune. es 169
- Trommeln in der Nacht. Komödie. es 490
- Das Verhör des Lukullus. Hörspiel. es 740

Tankred Dorst: Toller. es 294

Max Frisch: Biedermann und die Brandstifter. Ein Lehrstück ohne Lehre. Mit einem Nachspiel. es 41
- Die Chinesische Mauer. Eine Farce. es 65
- Don Juan oder Die Liebe zur Geometrie. Komödie in fünf Akten. es 4
- Frühe Stücke. Santa Cruz. Nun singen sie wieder. es 154
- Graf Öderland. Eine Moritat in zwölf Bildern. es 32

Günter Grass: Hochwasser. Ein Stück in zwei Akten. es 40

Peter Handke: Kaspar. es 322
- Publikumsbeschimpfung und andere Sprechstücke. es 177
- Der Ritt über den Bodensee. es 509
- Wind und Meer. Vier Hörspiele. es 431

Heinar Kipphardt: In der Sache J. Robert Oppenheimer. Ein szenischer Bericht. es 64

Franz Xaver Kroetz: Bauern sterben. es 1388
- Frühe Prosa / Frühe Stücke. es 1172
- Furcht und Hoffnung der BRD. Das Stück, das Material, das Tagebuch. es 1291
- Heimarbeit. Hartnäckig. Männersache. Drei Stücke. es 473
- Mensch Meier. Der stramme Max. Wer durchs Laub geht ... Drei neue Stücke. es 753
- Nicht Fisch nicht Fleisch. Verfassungsfeinde. Jumbo-Track. Drei Stücke. es 1094
- Oberösterreich. Dolomitenstadt Lienz. Maria Magdalena. Münchner Kindl. es 707
- Stallerhof. Geisterbahn. Lieber Fritz. Wunschkonzert. Vier Stücke. es 586

301/2/4.89

Deutschsprachige Literatur in der edition suhrkamp: Drama

Dieter Kühn: Goldberg-Variationen. Hörspieltexte mit Materialien. es 795

Gertrud Leutenegger: Lebewohl, Gute Reise. Ein dramatisches Poem. es 1001

Friederike Roth: Die einzige Geschichte. Theaterstück. es 1368

– Das Ganze ein Stück. Theaterstück. es 1399

– Krötenbrunnen. Ein Stück. es 1319

George Tabori: Unterammergau oder die guten Deutschen. es 1118

Martin Walser: Ein fliehendes Pferd. Theaterstück. Mitarbeit Ulrich Khuon. es 1383

– Ein Kinderspiel. Stück in zwei Akten. es 400

Peter Weiss: Die Ermittlung. Oratorium in 11 Gesängen. es 616

– Der neue Prozeß. Stück in drei Akten. es 1215

– Stücke I. Der Turm. Die Versicherung. Nacht mit Gästen. Mockinpott. Marat/Sade. Die Ermittlung. es 833

– Stücke II. 2 Bde. Gesang vom Lusitanischen Popanz. Viet Nam Diskurs. Hölderlin. Trotzki im Exil. Der Prozeß. es 910

– Die Verfolgung und Ermordung Jean Paul Marats, dargestellt durch die Schauspielgruppe des Hospizes zu Charenton unter Anleitung des Herrn de Sade. Drama in zwei Akten. es 68

301/3/4.89